Super ET

Dello stesso autore nel catalogo Einaudi

Viaggi del tempo immobile
Le parole non le portano le cicogne
Parole e canzoni
Diario di un gatto con gli stivali

Roberto Vecchioni
Il libraio di Selinunte

Con una nuova prefazione dell'autore
in forma di racconto

Einaudi

Prima edizione «I coralli»
www.einaudi.it

ISBN 978-88-06-18654-8

Prefazione in forma di racconto

Ricevetti una lettera da Nicolino Sciuto circa quattro anni fa.

All'epoca dei fatti contenuti nel libro io ero un ragazzino, né piú né meno di lui, e di Selinunte non sapevo nulla come di nulla si era accorto il mondo intero.

I tempi di consumazione della storia sono oggi infinitamente brevi: il presente non diventa piú ieri e poi l'altro ieri e infine «anni fa» gradatamente, ma si fa passato remoto, e quindi mito d'un botto, al ritrarsi di un'onda, all'inaugurazione di un bar, al successo di una nuova canzone, fino a perdersi nella fantasia, a diventar fandonia.

Non so neppure io ancora oggi quanto ci fosse di vero e quanto d'inventato nel racconto che mi fece Nicolino, quella notte a Segesta: una città, tutta una città in silenzio come percorsa da una maledizione, qualcosa di simile all'incantesimo del sonno ne *La bella addormentata*. Possibile? Ma come? E poi, perché? E tutti quegli interventi fantastici, quei fenomeni paranormali insondabili, razionalmente risibili? Come spiegarli?

Nicolino non ammise repliche, giurò e spergiurò che non stava parlando per metafore, che tutto, anche ciò che sembrava piú assurdo, l'aveva visto con i suoi occhi. I paesani si erano adoperati in ogni modo per tener nascosto quel flagello, perché da Siciliani fieri e autonomi non gradivano interferenze e men che meno amavano che si ridesse o piangesse sulle loro disgrazie. Davanti ai pochi giornalisti accorsi imputarono lo smarrimento delle parole a un'epidemia causata da un virus della glottide.

La cosa dunque rimase tra loro; uscirono poco di casa e ancor piú raramente si fecero vedere fuori dal comune: potevano certo apparire un po' strani ai pochi turisti che venivano a curiosare, ma l'Istituto per l'Incoraggiamento e il Ripristino dei Significati riuscí a trovare soluzioni temporanee che, per quanto bizzarre, si dimostrarono credibili. E comunque tra ricostruzione, progresso incalzante, rock americano e rivendicazioni sindacali, questa notiziola proveniente dall'estrema Sicilia passò per una cantonata del tipo visionario-meridionale.

Selinunte divenne per un po' una specie di triangolo delle Bermuda, che d'altra parte nemmeno di Platone e di Goethe si sa bene a tutt'oggi cosa ci fossero andati a fare lí, per tornarsene che non sembravan piú neanche loro.

Io, Nicolino non sapevo nemmeno chi fosse: me lo trovai un pomeriggio appoggiato a una colonna del teatro di Segesta, durante le prove di un mio concerto dei primi anni Novanta. Segesta è una collina fra terra e paradiso, riflette le Eolie e risucchia i profumi selvatici che risalgono da Alcamo, da Tindari; nel silenzio avvolgente e notturno ti par quasi di risentire i passi dei Troiani che per primi ne calpestarono il suolo; se solo chiudi gli occhi e lasci vagare la mente ti par d'essere attorniato dalle anime di chi al tramonto, di faccia al mare, sentiva suo, e se ne straziava, il dolore eterno di Edipo, di Antigone.

Io lí provavo solo canzoni e quell'uomo appoggiato alla colonna le ripeteva a una a una insieme a me. A un tratto mi suggerí persino delle parole che mi ero dimenticato.

Mi stupii che nessuno l'avesse allontanato dalla scena come di consueto e col passar del tempo cercai di capire cosa mi provocasse la sua presenza. Non si trattava di fastidio, come quando qualche disastrato sognatore s'intrufola per mangiarti chissà poi perché con gli occhi, ma non era neppure disagio o timore; piuttosto, avrei detto, un'ansia curiosa, come se una voce da dentro mi chiamasse a conoscerlo, perché non era, no, il solito spettatore innamorato, ma una specie di messo, d'intermediario venuto a portarmi notizie chissà da dove. Mi lasciai prendere fin troppo da questo transfert che mi suggeriva il luogo, sprofondai consapevole in un'atmosfera da tragedia greca.

Ce ne restammo tutta la notte insieme stesi sulla spiaggia di Alcamo, perché io non avevo sonno, perché lui non ne aveva; e perché ero vagamente triste mi prese fin da principio quel suo buttar lí frasi interrotte che aprivano spazi e pianeti e costellazioni e un camminare esperto su metafore insolite, cucendo a largo giro il principio e la fine a un nuovo principio, fino a lasciare qua e là volatile un gusto di cui non sei mai pago e ne vorresti ancora.

– Oh, non è stato sempre cosí! – disse a un tratto, quasi avesse inteso la mia meraviglia. – Sa quelle illuminazioni, come quando ti appare qualcosa all'improvviso...

Temetti per un istante che mi stesse parlando di qualche madonna.

– Avevo quasi tredici anni, quando si comincia a sentirlo duro e non ci sono donne, ma ero un ragazzino normale, qualsiasi, sa, guardie e ladri e via dicendo: a studiare nemmeno ci pensavo o semplicemente rimandavo in là, come tutti. Questo glielo dico per farle capire che non avevo nessuna predisposizione, che tutto capitò all'improvviso, dal nulla... Cominciai a non sentirle piú le parole, no, non mi fraintenda, le sentivo sí, ma era come ce le avessi dentro già, come fossero state sempre in me in quella forma, ché altrimenti non potevano essere. Ricordo che ero in aula, distratto da una farfalla cavolaia, neppure cosí bella, e l'insegnante per riprendermi mi apostrofò:

«Nicolino, visto che stamattina ci sentiamo cosí poeti, potresti dirmi cosa ho letto?»

E io, senza capir come, esordii:

E la man nuda e fredda alzando verso
Il cavaliero invece di parole
Gli dà pegno di pace. In questa forma
Passa la bella donna, e par che dorma.

Io nemmeno sapevo chi era il Tasso, me lo figuravo come un grosso topo che dorme sempre.

Al momento non ci diedi troppo bado, sarà un caso, pensai. Ma mi ricapitò e sempre con maggiore frequenza. Non so come dirle: era come se le parole non fossero inchiostro messo lí a formar segni e a evitare spazi; era come, non mi prenda per matto, se le parole non fossero lí per significare qualcosa, ma se stesse; personaggi, non interpreti, e cosí scavate, cosí vive da diventare loro le cose. Io, la scena della morte di Clorinda nemmeno la immaginai, la toccai piuttosto, e Clorinda non era una donna, una guerriera, ma la parola stessa che la rappresentava. Avrà capito di che parole parlo: non di tutte indiscriminatamente, solo di quelle che mi riallacciavano a un universo sopito nella sordità degli uomini: le grandi magie letterarie che sono risposte per sempre. Di questo io non intuii il senso, ero troppo piccolo allora, ma oggi so che si tratta di un dono, qualcosa di unico e speciale che non posso spartire con nessuno. E se la parola scritta mi prende fino a non lasciarmi piú, si figuri quando l'ascolto pronunciata da una voce umana.

Le parole come cose. Le parole sono cose: noi ne abbiamo deturpato il senso nel tempo o illanguidito la forza, le abbiamo lentamente ridotte ad altro da sé. O noi piuttosto siamo passati oltre e le osserviamo immobili come stelle inutili piantate nel cielo. Che bisogno abbiamo mai oggi delle stelle, se ci basta un neon per vedere ciò che dobbiamo vedere? Ricordavo anch'io come Nicolino qualcosa di simile e di tremendo, la chiusa de *La sera del dí di festa*:

Lontanando morire a poco a poco
Già similmente mi stringeva il core

Quel carro che svaniva, svaniva senza sparire mai del tutto, quel carro che strisciava le ruote sulla mia schiena e si portava via la chance del ritorno eternamente inconcessa, come nel pianto di Orazio:

Torna indietro quando ti accorgi
Che le cose perdute
Valgon piú di quelle desiderate.

Improvvisamente il vino e la luna ci trasformarono in due bambini che scartano i regali a Natale, in due ragazzi che si scambiano figurine rare e mancanti, ma lui aveva una memoria incommensurabilmente piú grande, e una voce che metteva i brividi, una voce che pareva venisse *dall'uomo stesso, come se improvvisamente tutti gli uomini potessero parlare insieme*.

Individuai allora due silenzi. Quello totale, inguaribile, della solitudine senza rimedio: e capii che questo silenzio lo riempiamo in modo ridicolo di cose che non hanno parole alle spalle; e l'altro, che le parole non abbandonano mai e te lo concedono per amarle ancora di piú. Si parla per sentirsi vivi: è come se la morte, la fine, avessero paura, si tenessero lontane quando un uomo racconta ed emoziona.

Eravamo insieme, eppure ci fu in quell'incontro, o meglio da un momento in poi di quell'incontro, qualcosa d'inspiegabile e sfuggente: mi capitava ogni tanto di volgermi verso il mare e non sentire piú il respiro di Nicolino, rigirarmi e trovarlo ancora lí al suo posto, ma in ombra, seminvisibile e coi capelli fuori posto: non parlava piú. Gli chiesi:

– Ma cosa fai nella vita?

– Avevo una scuola-guida, – mi rispose, – ma oggi porto i traghetti da Messina a Porto San Giovanni.

Poi si alzò e prese a camminare. Lui si allontanava, ne

ero certo, ma la sua voce me la sentivo ancora lí, alle mie spalle, e ne avvertivo l'immutata presenza e il volume intatto. Sotto il cielo di Segesta Nicolino mi raccontò la storia del libraio di Selinunte cosí come ve la riporto. O meglio, cominciò a raccontarmela, poi d'un tratto non lo vidi e non lo sentii piú, ed ero rimasto io a parlare ad alta voce, come se a Selinunte ci fossi stato, come se in quel momento volessi testimoniare a milioni di granelli di sabbia sparsi sulla spiaggia di Alcamo qualcosa che sapevo già da quando me n'ero stato appoggiato alla colonna del teatro di Segesta e avevo suggerito a un Nicolino che cantava al posto mio le parole che si era dimenticato.

Selinunte è il mondo, un ordine misurato di gesti tranquillizzanti, una povertà antica che non può nemmeno lontanamente misurarsi con la follia globale: Selinunte è una capanna nel deserto dove si è pastori o cammelli, non la reggia di Babilonia, la biblioteca di Alessandria. Solo da una capanna può venir fuori qualcosa che assomigli alla verità, perché Selinunte non è un apologo né virtuale né filosofico né classista: è la storia.

Le parole o sono luci o non lo sono. Lampadine rotte, pile intermittenti, neon a basso costo, ghirlande natalizie, fari abbaglianti, sbornie di colore per ingannare il passante non sono parole, come non lo sono i bagliori teatrali, le fiammate di un razzo notturno, i fuochi artificiali sparati per meravigliare i bambini, dove alla fine non fa che bruciare la carta, sciogliersi il vetro, e resta il sole nero di una notte falsamente chiara. Luci forti e chiare sono le parole: cose, verità.

Se pensate di leggere questo romanzo come una favola non cominciatelo nemmeno. La favola è fuori di qui, la favola è nel nostro strazio quotidiano, nella nostra incapacità di far corrispondere quel che diciamo a quel che sentiamo. Selinunte è la parola, questo mito intoccabile che ci ha accompagnato da quando l'abbiamo rapportata al suono dell'onda, al frusciar dei rami, al grugnire dell'orso, e abbiamo scoperto tremando che senza suono, senza un qualsiasi suono il mondo non sarebbe mai nato, l'uomo non sarebbe mai cresciuto.

La parola non è un oggetto casuale, una merce di scambio, un codice di comodo: è la storia, l'intelligenza che adatta o reinventa, l'emozione che dà accenti, ritmi, soavità e burrasca, aspetto, volto alla muta condizione del cuore.

La parola ha un seme, nasce e si allunga verso la luce che trova, si spezza, germoglia e muta petali, si adatta al tempo, al clima, si trasforma per sopravvivere; la parola ricorda: ricorda come eravamo, perché siamo, come saremo, ricorda nell'intimo della sua essenza, in una memoria che sopravvive ai suoi nuovi colori e ai suoi vecchi significati, perché se le cose le ha create Dio, le parole sono le cose ricreate dagli uomini: è quel nome, la vita.

Quattro anni fa ricevetti una lettera da Nicolino, l'unica, la sola.

Non c'era timbro postale, non esisteva un indirizzo sulla busta; qualcuno, uno sconosciuto, l'aveva recapitata a mano.

La lessi una, due volte. Non riuscivo a capire il nesso con quello che ci eravamo detti quella notte ad Alcamo, eppure doveva esserci. Cosa aveva a che fare un paese dove le parole scompaiono con quell'assurdo racconto (o resoconto?) che mi aveva mandato?

Tenni la lettera da parte per qualche giorno perché nel frattempo mi ero imbattuto in un raro testo di barzellette greche che in realtà facevano ridere solo me. Ero comunque in uno di quei periodi in cui arrivi a teorizzare che in fondo il dolore è il mezzo migliore per dimenticare che prima o poi dobbiamo morire.

Superato il pensiero laterale tornai a leggere la strana lettera di Nicolino e la trovai, subdola e sfuggente, la grande metafora! Il tratto che chiudeva il cerchio col nostro discorso di dieci anni prima.

Cosa mi aveva detto allora quell'uomo per farmi immaginare un simile romanzo?

Mi aveva detto che si è diversi o uguali, e che si può essere diversi e al contempo uguali, ma non uguali e al contempo diversi. Non sono le parole a farti grande, sei tu a far grandi le parole degli altri e le tue, ed è quando rinunci come un eremita al frastuono mediatico, alla falsità ludica, alla vanità estetica di pronunciarle; solo allora le parole ti danno un potere che imbriglia gli uragani e arresta le maree.

Non c'è Dio, non c'è morte o dolore che tengano, è sufficiente quell'asta sempre piú lunga, sempre piú lunga per sfidare qualunque cosa.

Quale asta?

Eccola, la prima e ultima lettera di Nicolino, che mi è veramente arrivata, il 15 giugno del 2003.

Caro Roberto,

innanzitutto scusami se non mi sono fatto sentire per tutto questo tempo, ma il guaio di questo tragitto Messina -Villa San Giovanni è che tutto il resto non c'è piú, se mai un resto c'è stato.

Ho uno zio che già lavorava alla *Caronte* negli anni Settanta, quando gli arancini erano buoni e i cessi sporchi. Ma si tratta delle uniche due differenze: tutto qui, da sempre, è rimasto uguale, a specchio, e se ti svegli da un sonnellino improvviso non sai, non puoi sapere, se stai andando avanti o indietro e, a volte, quando il mare è proprio piatto, manco sai se stai andando.

All'inizio mi distraevo ripetendomi Tennyson, Gelman o Hikmet, o altri ancora, come tu ben sai, ma a lungo andare la monotonia di quel braccio di mare sempre identico a se stesso, e i commenti ironici dell'equipaggio mi eliminarono la voglia, mi asciugarono l'emozione.

Da allora sono riuscito a contare tutte le varianti possibili per stare sveglio, ed esaurite le varianti ho ricominciato a ripetermele da capo, mischiandole: il chiacchiericcio, i pianti, i fischi, il fumo e i lamenti, le divise della «Compagnia», gli incroci con i battelli che venivano dall'altra parte (quale parte?), il volo basso medio, radente dei gabbiani, le macchie di nafta, i rifiuti galleggianti, le modulazioni della sirena, l'attracco, lo spegnersi dei motori, gli urli dietro i bambini in ritardo.

Poi ho cominciato a unire con linee immaginarie gli schizzi di pioggia sui vetri della sala comando fino a immaginarmi figure, storie, piccole costellazioni, e a cantar da solo al buio e figurarmi d'incrociare luci che non potevano, non dovevano essere sempre le stesse inesorabili lampare o barche da pescespada, sempre lí a quell'ora, a quel minuto secondo.

Poi, dopo quei tre anni, niente è stato piú diverso da niente; una piccola sfera di cristallo che capovolgi per far cadere la neve ancora e all'infinito, come se la neve avesse sempre voglia di cadere.

Non mi stupivo neanche piú della frenesia, del piacere che certi provavano (i ragazzi soprattutto) nel salire quassú: era, per loro, sorpresa vera, qualcosa come una giostra, un ottovolante inusitato. Alcuni andavano addirittura a farsi sbattere dal vento sul ponte piú alto, contando in coro i metri che ancora mancavano alla riva opposta: le loro giacche a vento, i loro cappotti, si gonfiavano, gli si strappavano di dosso; i loro occhiali cadevano e rotolavano via, le sigarette continuavano a spegnersi, le parole si perdevano nel frastuono delle macchine.

Ogni tanto indicavano qualcosa con un dito e io sapevo sempre cosa, perché qui altro non c'è da indicare se non quelle sette-otto stronzate che io ho visto mille volte e loro quella volta sola.

Io non dovevo nemmeno farlo il pilota di «ferry», non ero tagliato, ma, dalla scomparsa di Primula, Selinunte non è stata piú casa mia, e poi in quest'isola le occasioni vanno prese al volo, lavorare è un miracolo.

Io, Roberto, non te l'ho detto, dovevo fare il saltatore con l'asta, perché questo mi è sempre piaciuto, fin dalle medie, fin da quando a fine lezione tutti i miei compagni se ne andavano giú a sguazzare nel mare di Selinunte che è piú azzurro del cielo e io me ne salivo alla vigna del Bortolo con le mie scarpette di gomma e la pertica che avevo rubato alla palestra della scuola.

La vigna di Bortolo è immensa e vien giú, digrada dal monte al piano, formando terrazzi lunghi e stretti, ideali per prendere le rincorse e saltare sempre piú in alto.

Da lassú, nei pomeriggi magici s'intravedono coste lontane che io credevo fossero l'America e Bortolo diceva la Libia, ma che importava? Quando una cosa è tanto lontana che importanza può avere il suo nome?

Lí sceglievo bene il «mio» terrazzo e contavo i passi. Cento, centocinquanta. A quella distanza poggiavo il tralcio piú diritto che trovavo tra due filari di vite paralleli. Non era necessario che fosse troppo in alto, le prime volte: non contava battersi con l'impossibile, le prime volte. Contava capire la corsa, la velocità, impadronirmi dei muscoli, dei nervi, studiare l'ostacolo man mano che si avvicinava, scegliere l'attimo per affondare la pertica non troppo prima, non troppo dopo l'attesa, e poi avvitarmi, capovolgermi coi piedi in cielo e la testa fra l'uva e poi ancora sentirmi «sopra», e allora, solo allora, richiamare le gambe, mollare la pertica, e lasciarmi ricadere sul mucchio di foglie che avevo preparato per non farmi troppo male.

Per mesi, per anni fu cosí. Semplicemente cosí. Imparai a contare i passi delle rincorse e a sapere non solo dove ero, ma anche come e con che inclinazione del corpo e con quale disposizione dell'anima sarei stato cinque, dieci secondi dopo. Imparai a partire senza veder niente a destra, a sinistra, in uno strettissimo tunnel di luce che non poteva portare altrove; imparai a centellinare l'attesa e calcolarla in proporzione inversa all'avvicinamento e a comprimere la foga nei primi metri per lasciarla libera poco alla volta fino al momento cruciale: non lo sbagliai piú, non lo sbagliai una sola volta quel momento simmetrico, consonante, contemporaneo di asta che buca la terra e piedi che volano; giunsi alla perfezione estrema di quel rito, all'equilibrio caparbio di possedere il mondo in quel balzo.

Poi provai ad occhi chiusi. Cento, centocinquanta metri di rincorsa imponendomi di evocare nella mente un colore diverso a intervalli regolari di tempo: azzurro alla partenza e poi via via nero, verde, giallo, viola, che mi dicessero ciascuno dov'ero e come dovevo correre su su fino all'immaginarmi il rosso del balzo e dell'ascesa in cielo, e allora, soltanto allora, riaprivo gli occhi e mi lasciavo cadere.

Cominciai a salire sempre piú in alto. Non sembravo aver limiti. Non so, non so quanto, non misurai in metri e centimetri, ma la vigna presto non bastò piú e dovetti procurarmi dei pali altissimi per sorreggere l'asticella. E dovetti quasi subito trovarmi un'asta vera, perché la pertica della scuola era ormai poca cosa.

Con gli esami, il brevetto di pilota e la raccomandazione di mio zio, mi comprai un'asta in vetroresina tutta luccicante, bellissima.

Le prime volte che la usai ero comico: come se avessi per le mani una macchina da corsa dopo una vita in bicicletta. Cosí dovetti ricominciare tutto da capo: rincorse, tensioni, spazi, attese, armonie dei gesti, rabbie, illusioni, prime vaghe certezze, gioie, entusiasmi.

E finí. Finí quasi di colpo con un'asta spezzata e una gamba rotta. Ma non fu solo per questo: finí perché mi avevano assunto alla *Caronte* e lasciai Selinunte e mi trasferii a Messina. E due mesi dopo stavo già conducendo avanti e indietro il *Cariddi* otto volte al giorno dalla Sicilia a Porto San Giovanni.

A volte, nelle sere di giugno guardavo il mio secondo e lo trovavo incredibilmente uguale a se stesso: mi chiedevo se anch'io gli facessi la stessa impressione.

– Tore, – gli dicevo, – ma non ne hai abbastanza di fare da dieci anni sempre le stesse miglia avanti e indietro?

– È cosí per tutti, – mi rispondeva, – anche se non sono su un «ferry».

Ho chiuso, mi sono licenziato.

Alla capitaneria di porto non volevano crederci:

– Se vuole possiamo aiutarla, sa? Ci rifletta su, è solo un momento di crisi, capita a tutti...

– No, grazie, mi va bene cosí.

– Vuole parlarne con qualcuno? Sa, noi...

– Psicologi? Sociologi? Stregoni? No, grazie.

– E adesso cosa farà?

– Salterò.

– Salterà? Cosa salterà?

– Salterò.

Sono tornato ad allenarmi, ed è stato piú facile del previsto. Mi son bastati due mesi. Ho dovuto allungare l'asta, perché salto di tutto; ho dovuto aumentare i materassi perché ricado da sempre piú in alto. Mi son dovuto scegliere posti che mi permettano rincorse piú lunghe, interminabili: non provo nessuna paura, non conosco limiti. Ho saltato fattorie, caseggiati, ho saltato la torre di controllo dell'aeroporto di Catania.

Il problema che mi si presenta continuamente è quello di allungare l'asta: sono arrivato a farla di trenta metri, ma di qualsiasi lunghezza sia, per me non cambia niente: mi trovo lassú con un semplice, minimo slancio iniziale, un passo di danza, un saltello per coglier frutta dagli alberi.

Rivedo ancora i nasi all'insú dei bambini che giravano sulla ruota del luna park di Palermo: credevano di sognarlo, quell'uomo che volteggiava sulle loro teste appeso a un'asta miracolosa.

Ma non basta, non basta mai, perché io voglio quella sola cosa, voglio quel solo volo che mi sbalzerà da Messina a Villa, che non mi permetterà nemmeno con tutti i materassi possibili di rialzarmi.

Sto costruendo l'asta. Ho calcolato goniometricamente la sua altezza, sto tentando di capire la sua tenuta, la sua resistenza. Non serve il vetro-resina.

Non so ancora quanto resisteranno tungsteno, vanadio, acciaio. Ho paura che la flessibilità a quell'altezza si perda o che ce ne sia troppa. Posso solo teorizzare, non mi sono consentite certezze. Chiamo un grande ingegnere, amico di mio zio Nestore, e gliela butto lí come un gioco. Ride. Ride di un'asta che si sollevi per un miglio e lanci un corpo tre volte piú in là.

– E le catapulte? – gli faccio osservare.

– Sí, con le catapulte si può.

Io sono un saltatore con l'asta, non ho mai voluto nient'altro dalla mia vita. Se potessi, quest'asta, costruirla con tutte le parole piú belle che ho letto, che ho ascoltato, non avrei nessun dubbio, nessuna incertezza, ma ci vorrebbe un miracolo, un secondo miracolo perché questo accadesse.

È la notte di capodanno e sono qui a Messina con un'asta lunga un miglio tra le mani.

A mezzanotte in punto di questo 31 dicembre prenderò un'interminabile rincorsa da «Boccetta», proseguirò per il corso, infilerò il molo, pianterò quest'asta al centro dello stretto e mi solleverò come non ho mai fatto in vita mia, senza una televisione, senza un giornale, senza una folla piccola o grande che sia lí ad esclamare «Ooh!»; e quando sarò lassú, che non c'è piú Sicilia, che non c'è ancora Calabria, non mi sfiorerà neppure un istante il pensiero di dove sto andando a sfracellarmi, perché lassú si fermerà il tempo e tutto quello che accadrà dopo non mi apparterrà piú, perché non sarà niente.

Io invece sarò la somma di tutti i versi che non finiremo mai di scrivere.

Il tuo Nicolino

Il libraio di Selinunte

Uomo, la mosca ha un volo piú veloce del tuo occhio e una vita piú breve del tuo dolore.

ANONIMO, VII sec. a. C.

Interrogammo i templi di Selinunte, il loro silenzio aveva piú peso di tante parole.

J.-P. SARTRE e S. DE BEAUVOIR

La mia città non si chiama Selinunte, anzi, non si chiama proprio.

Si chiamava cosí una volta, quando alle cose corrispondevano nomi.

Oggi qui non si comunica piú a parole, ma a codici; a volte semplici, a volte complessi, fatti di segni mischiati a segni.

Le esigenze primarie (che so io, «ho fame», «vieni da me», «ci vediamo domani», «non te lo vendo», «ti odio») non sono poi cosí difficili da far capire e quindi la vita va avanti piuttosto normalmente, a parte qualche goffo equivoco, che resta comunque confinato qui: poco danno, visto che dalla città non usciamo quasi piú da tempo immemorabile, un po' per vergogna, un po' perché non riusciremmo a intenderci col resto del mondo.

Ce la caviamo. Di solito si mantengono gli impegni e non si equivoca sulla persona da sposare.

I bambini si divertono, non come ovunque, ma come qui: tutti i giochi sono manuali o matematici e quando uno indovina e arriva prima degli altri vuol dire che ha vinto.

Le scuole di comunicazione (primarie e secondarie) sono affollatissime e durano anni. D'altronde sono le sole, altre non ce n'è, perché non sappiamo insegnare nulla.

Si tira avanti aggiungendo caso a caso, esperienza a esperienza in un'accumulazione infinita.

E pure cosí non basta, perché in pochi anni ci si dimentica di ogni combinazione e bisogna tornare a impararle. Di solito la comunità si accorge subito di chi sta smarrendosi e lo blocca prima che diventi pericoloso a sé e agli altri. Di casi ne ricordo tanti; per esempio quello del vecchio Tira su col naso (pochi sono i nomi, bisogna arrangiarsi con perifrasi) che cominciò a confondere «limoni» con «timoni», e dopo una vita da agronomo non trovò piú nessuna rotta dentro di sé.

La routine di tutti i giorni è accettabile. Una ventina, trentina di verbi fondamentali siamo riusciti a non perderli, e a usarli nelle circostanze appropriate. Solo che non ce la facciamo a passare dall'uno all'altro, non sappiamo da dove vengono e dove vanno: non siamo in grado di variarli, dargli un tempo, una maniera, una sfumatura.

Perché qui sta il problema essenziale: abbiamo perso tutte le sfumature. E con le sfumature i sentimenti che le accompagnano o le provocano. «Amare», ad esempio, ha un solo senso per tutti. Quando qualcuno pronuncia quel verbo, le associazioni logiche che produce la nostra mente sono sempre quelle e di lí non si esce: «forte bisogno fisico e fastidio per la mancanza dell'oggetto (esponente altissimo, direi dieci); possesso, matrimonio, figli, eredità, sesso secondo necessità».

Ma io, io sono salvo, indenne. Io so i nomi, e le sfumature, e resto in attesa.

Intanto racconto.

Selinunte, o come altro si chiama questo posto, sta in mezzo a due fiumi. La parte che abitiamo si trova un po' all'interno ed è un villaggio dominato da un castello, quanto antico non so. È bella, Selinunte, ben tenuta, anche se non molto spaziosa. Le piazze sono tante e quelle sí hanno un nome, perché sta affisso sulle targhette. La piú centrale e la piú frequentata è piazza Garibaldi. Si riuniscono tutti lí, all'ora del caffè e dell'aperitivo. Le chiese sono fin troppe, ma qui siamo tutti molto cattolici: andiamo a sentir messa in palazzi arabi o normanni, anche se nessuno si spiega le strampalate architetture di questi posti. Abbiamo pure un museo civico, praticamente incomprensibile, una raccolta di misteri ed enigmi. Là dentro c'è perfino una bruttissima statuetta di un bambino in bronzo: da anni tentiamo di spiegarci chi sia. Non siamo insensibili alla bellezza: ci piace il cinema e anche qualche musica.

La parte piú bella della città è quella che si affaccia sul mare. Lí non ci abita proprio nessuno: ci stavano una volta gli antichi Greci e da quel che si vede pare non facessero altro che pregare e morire, perché non restano che cimiteri e templi. Ma non pregavano. E in un certo senso non morivano. Se guardi piú attentamente ecco poi spuntare reticolati di vie, muri sbrecciati, che erano case, fontane, slarghi coperti di prezzemolo, colonne sparse qua e là. E anche i resti di due porti.

Vado giú spesso alla città vecchia, il piú delle volte per i fatti miei, per starmene solo, guardare, ricordare, o anche cosí, a far niente. Scendo costeggiando il Selinous, fino al ponte che unisce l'Acropoli, la parte alta della città, al pianoro occidentale che amo di piú e dove una volta s'ergeva il santuario della Gaggera di Demetra portatrice di mele. Giunto al mare mi fermo, mi siedo, fisso l'infinito. Niente si muove, né al di qua, né al di là, né dentro di me. Ed è in quei momenti che me ne accorgo: niente vive cosí intensamente come il tempo fermo; perché non sono le persone che corrono, gli oggetti che cadono, le voci che risuonano, a fare la vita: quelle sono imitazioni inesatte della vita. La vita è una e immobile, uguale a se stessa da sempre; la vita è un'altra cosa.

Non penso a niente di particolare, lí, di fronte al mare, né sento richiami o fruscii antichi alle mie spalle: non sono un visionario e tutto lo splendore di marmi tirati su da chissà chi è ormai bell'e che muto. Eppure, quel mondo sepolto dà una sensazione che non ha niente a che vedere con la cultura: io non sono colto. È una sensazione, appunto, o un sentimento, forse: il sentimento del tempo, degli attimi su attimi, per secoli, che ci son voluti a piastrellare quelle case, quelle vie, a innalzare quelle colonne, cosí asciutte, cosí compatte, senza fronzoli, cosí doriche, e poi ad aggiungervi gli architravi. Ci dev'essere stata una convinzione incrollabile in chi costruiva. Non era solo per stare al coperto, ripararsi dalla pioggia: ci dev'essere stata in loro la certezza assoluta di essere piú del giorno che passa, oltre gli anni e di là dal tempo.

Pammilos, che 2600 anni fa fondò Selinunte, non si portava dietro solo un branco di agricoltori profughi da Megara Iblea. Se cosí fosse stato, avrebbe fatto il contadino, il pecoraio, e sarebbero bastate stalle e capanne.

A volte provo a immaginarmelo, questo Pammilos, l'ecista, il fondatore che di punto in bianco salta su e dice: «Ohilà, si prende e si va via», e poi chilometri e chilometri per una Sicilia che c'eran solo gatti e cani randagi, a piedi, ché di navi non ne aveva, per arrivare qui tra due fiumi dove non cresceva altro che il prezzemolo selvatico, il «selinon», baciato dal [s]elios, il sole, come mi hanno insegnato a scuola. Costruirono una città larga e alta come lo spazio e il tempo, per incrociare in tutti i punti possibili la presenza di un dio e imitare un'eternità, senza mai fermarsi, abbattersi, senza mai interrompere i lavori, i trasporti, gli abbozzi di costruzione che non finivano piú: tutto cosí lento, esasperante. Ma Pammilos aveva lo sguardo oltre, al di là dell'ultima pietra, a quello che sarebbe stata Selinunte, non per sé e nemmeno per i figli, no, non per cosí poco.

Ma come dovevano esser lunghi gli attimi allora? Molto, molto piú di adesso. E i giorni? E i mesi? Dio, come doveva essere pesante, assillante, continuamente, il tempo: qualcosa di fisico, di palpabile come il vento e l'acqua, nella monotonia degli stessi gesti ripetuti per ore, delle infinitamente poche cose che riuscivi a fare.

Eppure tutto era connesso a tutto: a una nave che arrivava, il dono votivo che si offriva; alla forza di riandare i campi dall'alba al tramonto, la spaventata incertezza dei capricci divini. E su tutto l'istinto, forte come il dovere di lasciare un segno. E allora non solo strade, non solo templi o piazze o porti, fabbricati frettolosamente, cosí come venivano, ché tanto bastava camminare, far finta di pregare, navigare, chiacchierare di grano e tiranni. No, ci voleva un segno, la bellezza, forse.

Bellezza, simmetria, armonia, misure dell'intelligenza e del cuore. Immagino Pammilos che pensa tra sé: «Verrà cosí, sarà cosí questo tempio; ora non è, ora non è ancora, ma sarà cosí»; sorridere certo in cuor suo di alzarlo agli dèi, senza sapere che lo sta costruendo per gli uomini e per la loro solitudine che diventa capolavoro.

Io amo Primula.

Primula ha gli occhi grandi, cosí grandi che le prendono metà del viso. Io sono pazzo di quegli occhi, perché lí dentro c'è tutto. Primula è bellissima. Non è alta né bassa, non è mora né bionda, non ha né venti né trent'anni, sorride e piange quando immagina che per me sia giusto cosí. Si mangia i piedi e glieli mangio anch'io.

Primula è figlia di un asinaro, ha una leggera zoppia alla gamba destra per il calcio che si è presa da un asino quand'era bambina. L'asinaro è un filosofo, o cosí almeno sostiene. La prima volta che lo incontrai mi chiese: «Cosa credi che ci sia oltre il pozzo, oltre i tetti e gli orti?» «Il mare? – azzardai. – Il cielo? L'universo?» «E oltre l'universo?» «Ci sarà Dio, immagino». «E oltre Dio?» Mi arresi. «Oltre Dio, – disse tutto compreso, – c'è il mio asino». E forse era vero, visto che era l'asino che lo manteneva.

Primula sa che io l'amo e mi ama, ma dentro di sé ha un nugolo di sentimenti che vorrebbe tirar fuori e non può; si aiuta a gesti, a parole smozzicate. Non che m'importi per me, ma soffro per lei. Lo vedo, sarebbe felice di farmi un discorso, raccontarmi di piú, trovare tenerezza, ma tutto quel che ha dentro purtroppo resta lí, perché le mancano le parole. Io le dico: «Non preoccuparti, capisco lo stesso, so cosa vorresti dirmi», ma non le basta, non può bastarle. I suoi occhi si riempiono di lacrime, si accuccia sul mio corpo e singhiozzando farfuglia un «volevo dire...» che rimane a mezz'aria, come una premessa senza fine.

Qualche volta la porto con me alla foce del Selinous e le indico, dal basso, l'Acropoli, poi ci buttiamo in mare, facciamo il bagno, torniamo su gocciolanti e intirizziti e ci rotoliamo sulla spiaggia. Non sappiamo fare l'amore molto bene, forse perché io sono istintivo e lei timida. Però è bello lo stesso. Poi mi guarda, ché tanto ha solo occhi, come se fosse sempre colpa sua, e io le sorrido, poi rido, poi la schiaffeggio dolcemente sul sedere per toglierle quel pensiero.

Una volta, era giugno, l'ho portata al tempio di Demetra portatrice di mele. Mi ha chiesto: «Cos'è?» E aveva ragione, perché rimaneva ben poco da vedere. Cosí le ho raccontato che quel tempio era speciale, diverso da tutti gli altri. Negli altri si andava a portare tesori, qui no. Qui venivano persone che credevano in una nuova vita, senza inferno, nell'aldilà, gente che pensava di rinascere ed esser felice.

– C'è una favola su questo, – le dissi.

– Raccontamela, – m'illusi che dicessero i suoi occhi.

Non che la sapessi molto bene, ma ci provai.

– Demetra era la vita, la primavera, il grano. Era lei a far rinascere i frutti e i fiori. Il dio degli inferi s'invaghí di sua figlia Persefone e gliela rapí, la portò giú nel suo regno fatto di buio, di oblio. Allora Demetra scese a riprendersela e la fece vivere una seconda volta.

– E allora? – dicevano i suoi occhi.

– Niente, chi credeva a questa favola veniva qui. Si riuniva a Demetra, perché come la primavera riporta i frutti, Demetra poteva far rinascere chi era morto. E non salvava per amore: l'amore, la bontà, la fratellanza non contavano per niente; era una questione di riti e di formule.

L'avevo spiegato male, lo sapevo. Ma volevo solo capisse che ci sono idee perse nel tempo e attraverso il tempo: e che arrivano fino a noi. Che una storia entra in un'altra e noi siamo l'ultima pagina soltanto. Che c'è un «prima», c'è un «durante», c'è un mare di cose nell'animo umano e non questa miseria senza parole che stiamo vivendo oggi a Selinunte.

In quel tramonto, tenendoci per mano, tornammo indietro senza dire piú niente. Però lessi nella sua mente lo stupore: strano stupore, se da un po' aveva già intuito che io ero diverso dagli altri, da tutti gli altri che conosceva o aveva conosciuto.

Perché io *sono* diverso da tutti gli altri.

Questa città *non si chiama* Selinunte, ma io so che *è* Selinunte. Io so, sono l'unico a sapere.

Io ho conosciuto il libraio.

E mentre, dopo averla salutata, tornavo a casa, mi passai le mani sulle lacrime che non volevo avere.

Quando è cominciato tutto questo?

Quando potrà finire?

– Non guardare, Nicolino, vieni via, non guardare.
Mia madre mi tirò per il braccio dolcemente e mi fece voltare.

Allora, tanti anni fa, quando Selinunte si chiamava Selinunte, io mi chiamavo Nicolino.

Avevo compiuto tredici anni da qualche giorno e mi avevano regalato una fionda vera, in ciliegio, con un elastico cosí duro che a tirarlo mi ci volevano tutt'e due le mani.

– Cosí ci ammazzi un po' di topi, – aveva detto mio padre.

I miei amici erano gonfi d'invidia: loro non avevano fionde cosí; al massimo una da due soldi, di plastica, comprata dai genitori alle bancarelle che spuntavano ovunque in agosto, durante la «sardiata», quando noi bambini ce ne stavamo alzati fino a tardi per vedere la processione con le barche illuminate sul mare e i fuochi d'artificio, la pancia piena di alici e sardelle offerte dai pescatori.

Io non avrei mai tirato ai topi, o alle lucertole o ad altri animali. Non avrei nemmeno tirato alle mele o alle arance per farle cascare dai rami, perché mi piacevano lí dove stavano e pensavo che quando volevano cadere lo facevano da sole. O venivano raccolte, ma senza dolore.

Avevo tredici anni ed ero piccolo per la mia età, magro e smunto.

– Quel ragazzo è sempre pallido, – ripeteva quasi ogni giorno mio padre, – l'hai fatto vedere al dottor Mancuso?

Ma ero pallido cosí, per natura, un grano di pepe, mai fermo, sempre a correre dietro qualcosa o qualcuno. Obbediente lo ero, ma di scappatelle ne facevo tante, anche fuori dell'abitato, giú al mare, e giocavo e immaginavo, immaginavo e giocavo. A quei tempi c'era poco da smanettare e pigiare sui videogiochi, che forse non mi sarebbero neanche piaciuti, ma non c'era momento della giornata che non trovassi qualcosa da fare, da solo o con gli amici.

Per gli amici ero Frullo; mi chiamavano cosí perché avevo sempre qualcosa per la testa e per andarci dietro mi bloccavo, vagavo con la mente tanto da sembrare un po' rincoglionito. Anche a scuola. Ma a scuola non ci stavo bene: non mi piacevano le cose che ero costretto ad ascoltare, o meglio, forse mi sarebbero piaciute, ma i professori le facevano sembrare lontanissime, come se appartenessero ad altri mondi. Non stavo dietro ai loro discorsi, non capivo a cosa mi potessero servire le figure geometriche, le poesie, le carte topografiche, il sistema digerente in quel momento, quella sera, il giorno dopo, insomma per sempre, perché pensavo che anche da grande sarei rimasto com'ero allora, e quelle cose non facevano parte della mia vita di bambino. Un bambino non sa di poter essere altro, vive in un tempo fermo. E se quelle cose non avevano niente a che fare con me allora, non avrebbero avuto niente a che fare con me mai.

La persona che ricordo piú di tutte di quel periodo è lo zio Nestore. Lo zio Nestore e io ci assomigliavamo fisicamente in maniera impressionante. Tutti lo credevano pazzo o almeno parecchio fuori di testa: aveva avuto una gioventú burrascosa, perfino misteriosa, e non si era mai adattato a nessuna regola, non aveva mai obbedito a chicchessia. Era un anarchico e ne andava fiero.

Lo zio Nestore aveva 40 anni, allora, ma non li dimostrava, e viveva in casa nostra da affittuario, da quando gli era morta la moglie.

Inventava: la sua specialità erano le carrucole e le teleferiche elettriche. Aveva scoperto che l'ostacolo piú arduo nel trasporto a fili è la curva e che non sempre si possono impiantare rotelle negli angoli delle stanze o delle case, per far scorrere i contenitori, i bidoncini, le piattaforme. E cosí aveva elaborato la «corda a giro», sospesa, miracolosamente sospesa in aria, senza bisogno di appoggi e sostegni.

Ricordo la sera che la sperimentammo, facendo partire un cestello da casa nostra e vedendocelo arrivare dall'altra parte dopo che aveva fatto un intero giro dell'isolato. C'era una piccola folla; ridevano tutti, molti erano increduli, qualcuno applaudí. Nessuno gli comprò mai quel brevetto, né gli altri che aveva e avrebbe fatto.

Ma non è solo per questo che mi piaceva lo zio Nestore. Lo ammiravo per la sua imperturbabilità, per la sua naturale eleganza. Era padrone di sé, perché si sentiva padrone del mondo.

E poi non parlava mai; c'erano solo tre occasioni, tre momenti della vita in cui apriva bocca: quando giocava a «briscola chiamata», la sua seconda attività; quando dormiva, cioè nel sonno; e agli anniversari di matrimonio. Qui sí, esagerava pure, ma la formula era quasi sempre la stessa: «Ti amo ogni anno di piú, non so fin dove potrò arrivare, spero che il cuore resista».

– Non guardare, Nicolino, vieni via, non guardare, – disse dunque mia madre.

– Perché, mamma? – risposi.

– È solo un cane morto, l'avrà investito qualche macchina: non guardarlo, fa senso.

– Ma io non stavo guardando il cane.

– E cosa, allora?

– Quello là, – dissi puntando il dito in direzione del caffè *Garibaldi*.

Solo, seduto a un tavolino, con una spropositata pila di libri davanti, c'era l'uomo piú brutto che avessi mai visto. Piccolo, storto, incurvato, beveva tenendo il bicchiere con due mani, appoggiandosi sui gomiti, e sembrava come a mezz'aria, perché stava seduto ma i piedi non gli arrivavano fino a terra. Vestiva un doppiopetto a righe grigie e nere molto piú grande di lui; sotto un cappello floscio, una faccia che non ci vedevi gli occhi se pure c'erano, e in mezzo alla faccia un naso adunco che sembrava appiccicato, come quelli che si mettono a carnevale per far ridere gli amici.

– Chi è, mamma? – Non l'avevo mai visto prima.

– Ah, quello... – e intanto mi tirava di nuovo per il braccio. – Dev'essere il nuovo libraio. Ha comprato la bottega del sarto, quella in vicolo Tremonti; sai, no, che il sarto è partito, è andato al nord...

– Ma ne abbiamo già di librerie qui...

– E che ne so, si vede che la sua sarà speciale... però non mi piace, Nicolino... no, non perché è brutto... Cosí... è l'aria che ha intorno. Non mi piace, mi sembra una persona...

– Cattiva?

– Non so, non c'entra con noi, ha... è un po' scostante, repellente.

– Cosa vuol dire repellente?

– Che ti fa senso stargli vicino. Mi fa quell'impressione. E poi è qui da un po' ma evita tutti, non parla con nessuno, ho sentito voci...

– Anche zio Nestore non parla.

– Zio Nestore è un'altra cosa, ma vuoi mettere? Lui non è repellente, anzi. Ride, scherza, è sempre pronto a darti una mano...

– Ma forse quello lí è solo timido o spaesato.

– Tutto quel che vuoi, Nicolino, ma non incominciare

a farti uno dei tuoi viaggi d'immaginazione. Le cose sono quasi sempre come si vedono. E poi che te ne importa a te di quel signore?

– Niente, mamma, era curiosità, dicevo per dire.

E invece non era vero, non dicevo per dire.

Ci sono normalità, regole, armonie che nemmeno noti tanto è scontato che ci siano. Oggi lo so. È l'eccezione, lo sconvolgimento del consueto che ti mette ansia, ti rizza i nervi, ti sbulina l'animo.

La piú grande bellezza e l'infima bruttezza partecipano del mistero. C'è negli antipodi, nel contrasto assurdo, nel diverso in natura come un filo che se lo tiri ti fa sentire vicino a una verità che le cose di tutti i giorni nemmeno sfiorano. C'è nel lampo e nel tuono una forza che manca alla giornata serena; c'è nella febbre, nell'incubo notturno, perfino in una sbornia, un indefinibile attimo di chiarezza, di certezza improvvisa. Quando qualcosa sconvolge ci dice molto piú di quel che siamo abituati a sentire. L'inspiegabile, l'unico, arriva come a scuoterti, svegliarti da un sonno di ordinarie, concilianti abitudini. L'uomo ha livellato tutto, pur di far scorrere il suo sangue a quella precisa velocità, far battere il cuore a quel ritmo sempre uguale a se stesso e cosí vivere il piú a lungo possibile, non importa come, non importa a costo di cosa, pur di vivere disegnando una linea dritta, tra immagini a specchi consueti. Eccoci lí, macchine in un grande garage ordinato e pulito, dove ogni manovra d'entrata, uscita, sosta, parcheggio, precedenza, è stata cosí precisamente organizzata che non dobbiamo piú chiederci quale sia il nostro posto, il nostro percorso, il nostro box.

Ma forse non siamo in un box. Forse questo mondo non è nato per essere un garage. Forse questo posto è stato pensato come un parco giochi o una stazione ferroviaria di treni a orari imprevedibili.

I pazzi, i selvaggi, i bambini hanno ancora di queste intuizioni. Io ero un bambino, e nella mia testa di bambino entrò quel libraio e non ne uscí piú.

Non ci volle molto perché il libraio diventasse un problema per gli abitanti di Selinunte.

A onor del vero, lui non facilitava certo le cose: se ne stava sempre appartato, misteriosamente assente, e si faceva vedere in pochissime circostanze, quasi unicamente al caffè *Garibaldi*, solo e silenzioso nel suo lugubre completo grigio-nero.

Dapprima cominciarono a guardarlo con diffidenza, poi con un vago senso di fastidio, come quando ti entra un granello nell'occhio e non sai come toglierlo. Ci fu chi iniziò a chiedersi cosa ci faceva lí e perché non rivolgesse la parola a nessuno. Poi, come sempre accade nei piccoli centri, fiorí una ridda di ipotesi e sospetti.

– Ma lasciatelo stare, – diceva Mario, che era il sensale piú abile di tutta la provincia. – Non vedete che è come un pesce fuor d'acqua? Non parla, non dice niente? È carattere, o avrà i suoi problemi, che ne sappiamo noi?

– No, Mario, – gli facevan coro quasi tutti, – quello è un maluomo. Ne nascono, purtroppo: non sanno vivere in nessun posto e ovunque vadano non si quietano mai, non trovano pace. Nascono cosí, per odiare il mondo e gli altri.

– Mi ricordo – diceva 'Ntoni, il meccanico piú bravo di tutta la provincia – che un mio zio acquisito lo incontrò, un maluomo, circa dieci anni fa. E perse tutto: la moglie, la Tenuta del Rosmarino, perfino il negozio di pietre tombali, una vera bottega d'arte; poi morí, dicono di crepacuore, ma non si sa.

Il libraio passava il giorno e la notte a sistemare la bottega comprata dal sarto. Io lo so, perché Tore, che era il miglior elettricista della provincia, lo disse a mio padre quando venne a riparare i danni di un cortocircuito causato dallo zio Nestore con la sua «carrucola a giro».

– Gli ho rifatto tutto l'impianto, chissà poi perché. Le luci le tiene bassissime. Là dentro c'è un dannatissimo bordello, libri ovunque, tutti vecchi, smangiati, sporchi, con le copertine tutte uguali... e poi l'odore: canfora e naftalina, proprio insopportabile. Mi ha chiesto se conosco qualcuno che vende sedie; gli ho detto che c'è Sante Mazzizze, che secondo me non c'è di meglio in tutta la provincia. A cosa gli serviranno poi le sedie?

A cosa gli servissero fu chiaro appena due giorni dopo, quando su quasi tutti i muri di Selinunte apparvero delle locandine che dicevano: «Ogni sera, ore 21, vicolo Tremonti, letture letterarie, ingresso gratuito».

Qualcuno quel pomeriggio, vuoi per curiosità, vuoi per altro, passò a dare un'occhiata. Effettivamente la bottega era aperta. In vetrina, dove fino a poco prima erano esposti i modelli del sarto, troneggiava un unico libro, e neanche bello a vedersi. Incomprensibile il titolo.

Ci fu chi s'azzardò a bussare e a chiedere timidamente se si poteva entrare. Gli fu risposto che sí, si poteva.

– Avevo dieci minuti fra un turno e l'altro alla pompa, – disse Domenico, che non era poi un gran benzinaio, – e mi è venuta la fregola di curiosare. Sono entrato; impossibile raccontarvi il disordine. Sembrava piú un museo che una libreria. Tanto per darmi un tono ho scorso un po' i titoli sugli scaffali: non ho riconosciuto un solo autore, tutta gente morta e sepolta. Gli ho chiesto quanto costava un opuscoletto, anche se non me ne fregava niente, e sapete cosa mi ha risposto?

– Cosa?

– Io non vendo libri, li leggo.

– Li legge a chi?

– E che ne so?

– Un libraio che non vende libri? Ma che razza di libraio è?

Leggeva libri. E cosí, per sfizio, alcuni ci andarono a sentirlo, quella sera, ma furono i primi e gli ultimi.

L'indomani mattina era domenica e tutte le domeniche papà e mamma mi portavano al caffè *Garibaldi*.

Se ero stato bravo a scuola durante la settimana ci sedevamo e mi compravano un gelato, quello che volevo. Se non ero stato bravo ci sedevamo e basta.

Al tavolino di fianco al nostro era in atto una burrascosa conversazione. Capii subito che parlavano del libraio, cosí drizzai le orecchie e spostai un po' la sedia per sentire meglio. Non volevo che papà e mamma sospettassero che m'interessavo alla cosa. Cosí, anche se ero andato bene a scuola non chiesi il gelato, per non essere costretto a star fermo in una sola posizione. Dissi loro che volevo contare le finestre della piazza perché avevo fatto una scommessa col mio amico Giufà.

Le voci si accavallavano l'una sull'altra e in principio non riuscii a distinguerle bene, poi gradatamente mi abituai.

– E cosa ha letto? – diceva un tale che non sapevo chi fosse, tutto rubizzo, col rabarbaro che gli colava da un angolo della bocca.

– La storia di un pazzo, – gli rispose Sante Mazzizze, il sediaio, che alla «lettura letteraria» c'era andato, – un paladino di Carlo Magno che scopre di essere cornuto e invece di prendersela con la scostumata, si mette a spaccare tutto quel che incontra: tronchi, rami, pietre, radici, cumuli di terra e cosí via...

– Angelica, – s'intromise il dottor Mancuso, che aveva una gran cultura.

– Cosa? – chiese quello rubizzo con il rabarbaro sul mento.

– Si chiamava Angelica, la donna amata da Orlando.

– Sí, forse sí, – riprese Sante Mazzizze, – ma che noia, che due coglioni...

– Ma almeno leggeva bene? – chiese Tore, che gli aveva sistemato le luci.

– Malissimo. Interruzioni continue, colpi di tosse. La voce poi gli andava e veniva; anzi a volte sembrava proprio un'altra persona con un'altra voce.

– E poi? – s'intromise 'Ntoni, il meccanico.

– Poi? Poi ce ne siamo scappati tutti. È rimasto solo quello scemo di Rosario, il resto l'ha sentito lui.

Rosario andava dietro ai pensieri suoi e non aveva minimamente seguito la conversazione. Sentito il suo nome, si girò:

– Chi? Io?

– Sí, tu. Cos'ha letto il «signor» libraio dopo la storia di Angelica?

– E Marlboro, l'altro si chiamava Marlboro, – s'intromise uno che evidentemente era stato presente, – me lo ricordo perché io fumo le Kent.

– Pandoro, scemo! – gli fece eco Sante Mazzizze, con una certa supponenza, – almeno i nomi ricordateli!

– E chi se ne frega, – intervenne il rubizzo al terzo rabarbaro, – noi vogliamo sapere cos'ha letto dopo.

– La storia di un pazzo, – esclamò Rosario, tutto orgoglioso d'esser l'unico testimone dell'evento.

– Ancora? – fecero quasi tutti in coro.

– Sí, un guerriero antico che s'arrabbia per uno scudo che voleva e non gli davano, non ho capito bene. Cosí va via di testa e ammazza tutti i buoi dell'accampamento.

– I buoi in un accampamento? – fece scettico il dottor Mancuso, che con tutta la sua cultura fin lí non arrivava.

– Sí, quelli che si tenevano lí gli antichi Greci, alla guerra di Troia, per mangiare.

– Ah, allora hai sentito bene! E t'è piaciuto?

– Abbastanza.

– E stasera ci torni.
– Neanche per sogno.
Risero tutti. Il dottore chiese venia e si congedò, perché aveva una visita incombente. Gli altri ordinarono un nuovo giro di vermut. L'uomo del rabarbaro all'improvviso si gettò sotto il tavolino e fece segno a tutti di non fissarlo.
– C'è mia moglie, là, – disse in un sussurro, – ma non voltatevi.
Ci furono attimi di silenzio. Poi Rosario esclamò:
– Ma io sono restato anche alla terza lettura.
– E perché?
– Cosí. Non avevo niente da fare. Sapete, io ho l'impressione che lui neanche guardasse la sala. Non ci ha mai visti seduti lí.
– E da cosa l'hai capito?
– Perché ha preso a parlare con se stesso e a dirsi delle cose ad alta voce, come se nessuno l'ascoltasse. Continuava a chiamarsi Enrico...
– Ma sei sicuro?
– Sí, e raccontava che era caduto da cavallo e stava facendo credere a tutti d'esser pazzo, ma non lo era...
– Ancora pazzi? – sbottò Sante.
– Sí, ma questa roba non la leggeva, la diceva: Enrico quarto o quinto, non mi ricordo, che sia un re?
L'atmosfera, accesa dai vermut, si raggelò di colpo. Le facce si fecero serie. Si risentirono tutti i rumori della piazza che le loro voci avevano coperto: scalpiccii, voli di uccelli, grida lontane, finestre sbattute, ordinazioni, frenate di automobili.
Abbassai gli occhi dal cielo e guardai papà e mamma: sorridevano.
– Quante sono?
– Cosa?
– Le finestre, – disse papà riponendo la coppa sul tavolino.

– Credo centottantadue, – risposi, – ma forse dovrò ricontarle.

Ci alzammo. Con la coda dell'occhio vidi l'uomo dei rabarbari sgusciar fuori dal tavolino col bicchiere intatto in mano. Mi parve sudasse.

– È pericoloso, quel tizio è pericoloso, – disse e trangugiò tutto d'un fiato.

I miei mi davano il permesso di starmene fuori a giocare con gli amici per circa mezz'ora ogni sera. Di solito si faceva a rincorrersi, ma anche a «sottomuro» o a darsele.

Selinunte di sera è bellissima; io l'ho sempre vista come un presepe ideale, cosí distesa a digradare verso il Tirreno, con il vento che vien su dalla contrada Manuzza e sa di menta, salvia, olivo, rosmarino.

E Selinunte era felice. Pareva un angolo di mondo senza male. A quei tempi e a quell'ora era tutto un salutarsi di gente che tornava a casa, perché porte e finestre rimanevano sempre spalancate e c'era ovunque qualcuno in attesa di qualcun altro, o semplicemente affacciato a guardare: un crocchio che si formava, un conoscente che passava o l'impercettibile movimento della luna.

Ci piacevano le cose com'erano, anche quelle in disordine, anche quelle fuori posto, e cosí poteva capitare che un sasso restasse in mezzo alla strada perché, anche se era d'ingombro, faceva parte del paesaggio. E poteva capitare che le lettere al neon di qualche insegna, bruciate, intermittenti, continuassero a sfavillare in una piccola agonia, senza fermarsi mai, perché ad aggiustarle si sarebbe cambiato un pezzo di mondo. Non vedere piú le cose come si era abituati, giuste o sbagliate che fossero, avrebbe dato a tutti come un senso di vuoto, d'inappartenenza. Ricordo che a un certo punto costruirono anche una strada asfaltata per scendere giú a Marinella: nessuno la usò mai, tutti continuarono a percorrere la vecchia mulattiera.

Alle nove noi bambini tornavamo a casa. In giro, a parte qualche ritardatario, non c'era piú nessuno. Spegnevamo la luce e come tutti i bambini del mondo non avevamo nessuna voglia di dormire ma ci addormentavamo lo stesso.

Quella sera, però, io volevo vedere il libraio, lo volevo con tutto il cuore. Quelle cose che avevo sentito al bar mi avevano eccitato la fantasia, insomma non stavo piú nella pelle.

Non capivo bene perché; non era solo curiosità e neanche capriccio; di giorno in giorno mi era cresciuta dentro una specie di smania e di ossessione che finalmente era esplosa. E poi a quell'età non ci si fa tante domande, quando capita capita, è cosí e basta.

– Sembra un folletto, – diceva il mio amico Cispa che non aveva peli sulla lingua, – ma di quelli maligni.

– Sí, sí, – rispondeva Cosimo, – lui viene di notte, ti lega tutto e t'infila gli aghi sotto le unghie dei piedi...

– A me pare il diavolo, – era il commento di Giufà.

– Ma perché vuoi andarlo a sentire? – incalzava Cispa.

– Non so, – rispondevo, – non so –. E non lo sapevo veramente. Ma avevo dentro come uno scombussolamento: un uomo cosí brutto che leggeva libri cosí strani e belli era un po' come quei fenomeni del Circo Medini che avevo visto da piccolo. O come il lupo di san Francesco. E poi quella storia che parlava da solo mi aveva colpito, perché anch'io facevo cosí e non col pensiero, proprio ad alta voce, tanto che spesso mamma dalla cucina mi gridava: «Nicolino, chi c'è lí con te?»

Volevo vederlo e ascoltarlo, forse anche perché era un po' proibito, ma avevo una paura fottuta. Non volevo che lui sapesse, che mi scoprisse. Volevo vederlo e non essere visto, sentirlo e non farmi sentire, come in un gioco di lettere che non si firmano.

Cosí quella notte, dopo essermi rigirato piú volte nel letto, alzai la testa e rimasi a orecchie ritte nel buio. Non un rumore in casa. Di papà sapevo: era al biliardo e sarebbe tornato tardi, ma mamma?

Scesi dal letto molto lentamente badando a non farlo scricchiolare e in punta di piedi aprii la porta e uscii dalla mia stanza. La camera di mamma era aperta: dormiva come un angelo. Allora fu un attimo. Mi dissi: «Rischiamo» e rischiai. Uscii dalla finestra, che tanto abitavamo al pianterreno, con le scarpe in mano; guardai a destra: nessuno; a sinistra: nessuno.

Vicolo Tremonti non era lontano, bastava percorrere l'Assunta e fare due svolte a destra. Per sentirmi piú sicuro strisciai lungo i muri dal lato dove ci sono i lampioni, perché illuminano l'altra parte della strada e standoci sotto non ti vede nessuno. Il cuore mi batteva forte come i tric trac di Capodanno, non ero mai stato fuori, da solo, a quell'ora. Ma che ora era? Le nove e qualcosa. Forse il libraio s'era già chiuso dentro; forse, visto che non arrivava nessuno, se n'era già andato a dormire.

Solo allora mi ricordai che avevo ancora le scarpe in mano; me le rimisi, ma non riuscivo ad allacciarle. Provai due o tre volte, poi me le tenni cosí. Mi tremavano le mani, anzi, veramente mi tremava un po' tutto, come quando avevo avuto la varicella e per non farmi grattare papà mi aveva infilato i suoi guantoni da boxe.

Ero già oltre l'angolo, nell'ombra, intirizzito come se fosse Natale, quando, chinato sui lacci che andavano da ogni parte, alzai lo sguardo e lo vidi.

La lampadina fuori dal negozio era molto fioca, ma non mi potevo sbagliare, era lui.

Dunque aspettava ancora. Se ne stava lí fuori come una statua, nel suo gessato grigio-nero, cosí perfettamente solo che se anche ci fossero state mille persone sarebbe stato comunque solo.

Rimasi in quella posizione stupida e scomoda per un bel po', poi a fatica mi tirai su e mi appiattii contro il muro. Lí era buio pesto, non poteva vedermi.

Restammo almeno dieci minuti cosí, io a guardarlo senza mai staccargli gli occhi di dosso, lui immobile: non si spostò di un centimetro. Passava il tempo e non succedeva niente.

Quell'uomo, da solo, in un vicolo dimenticato da tutti e da Dio, aspettava; aspettava qualcuno che non sarebbe venuto mai. Cosa lo teneva lí? Fu improvvisa e smisurata la lentezza con cui tirò fuori l'orologio da sotto la giacca e lo osservò, lo ripose, si voltò. A piccoli passi arrivò alla porta del negozio, entrò e la richiuse.

San Giovanni suonò le nove e mezza, era tardissimo per me. E se mia madre si fosse alzata? E se mio padre fosse tornato prima del solito? Dovevo andarmene, in fondo quel che volevo vedere l'avevo visto.

Ma perché non spegneva la luce? Perché non saliva le scale e non se ne andava a dormire?

Riuscii ad allacciarmi le scarpe, perché le cose capitano quando vogliono. E seppi che non potevo muovermi di lí. Mi passò tutto: freddo, tremori, varicella di ritorno. Praticamente corsi, mi appoggiai alla parete tra la vetrina e la porta d'ingresso. Tutta la stanza era ancora illuminata; avvertii come una specie di mugolio vago e lontano.

Non pensai nemmeno un attimo di poter essere scoperto; all'improvviso quel pezzo di strada fu tutto quel che volevo, il palco di un teatro interamente mio. Le finestre intorno, le case del vicolo, solo concessioni a una misera scenografia, quinte sbiadite e lontane.

Spostai la testa quel poco che bastava per sbirciare dentro e quello che sembrava un mugolio diventò suono, anche se indistinto. Lo vidi. Era seduto dietro un piccolo tavolo scrostato qua e là, sotto un faretto azzurro che Tore, con un personale tocco artistico, gli aveva messo alle spalle. Stava davanti a trenta sedie vuote e aveva intorno un ammasso interminabile di libri, tomi, volumi, tutti, indistintamente, blu. Lí ogni cosa era blu: le copertine, le brossure, i soffitti, le pareti. E i libri sembravano tutti uguali:

si stringevano uno all'altro, si appoggiavano in equilibri precari, e parevano una serie infinita di ametiste grezze e cobalto, senza un ordine, senza una simmetria: come fossero lí da sempre, fossero loro i muri, e la casa e Selinunte. Qualcuno sporgeva di piú, altri erano sacrificati, compressi. Molti, tantissimi, impilati uno sull'altro come in un castello di carte, gli stavano alle spalle, a formare uno scenario, un fondale instabile e bello.

Il libraio stava leggendo. Leggeva per nessuno. Leggeva in una lingua incomprensibile, greco, pensai, ed ebbi un tuffo al cuore. Che voce era, quella? Metteva i brividi, non avevo mai sentito una voce cosí. Pareva una specie di cantilena, una litania, una preghiera, ma non monotona, non sempre uguale: a tratti il tono s'alzava e restava su per un bel po'; poi all'improvviso scendeva di nuovo e non c'era quasi distinzione tra parola e parola, non c'era modulazione, ecco, sí, modulazione, in quel che diceva: era come se cantasse con le parole, senza musica. Io una volta ero stato a teatro a vedere *Il berretto a sonagli*. Lí gli attori facevano sentire tutte le variazioni: e una volta la voce era gioia, una volta sorpresa, sconcerto, rabbia, delusione. Lui queste cose non le marcava; cambiava solo tono a intervalli irregolari, come se non parlassero le persone, ma un'entità piú vasta. Non era una recita, gli attori fanno altre cose. Gli attori piangono, ridono, s'incazzano, giubilano, si dannano l'anima per farti provare quello che secondo loro dice il testo, il libro, la commedia. Lui no. Stavo a sentire e c'era come una forza magnetica, in quella voce. Mi feci trasportare dall'onda.

Incredibilmente, come quando entri in un luogo buio e solo poco alla volta ricominci a vedere le cose, piú passava il tempo e piú riuscivo a distinguere le parole o quelle che a me sembravano parole. E le trovai bellissime, come se avessero un corpo, una vita, e fossero rivolte a me direttamente. Non ne capivo il significato, ma mi riempivano di calore; non mi spiegavo niente, ma da quel niente ero affascinato al punto da non potermi piú muovere. Sentivo dentro di tutto, una specie d'indigestione e poi subito un sollievo, una voglia di nient'altro, come tra sonno e veglia, un'alba, una cosa come un cielo che si colora a sbalzi e via le nuvole, via nebbia e foschia, veder tutto fino all'ultimo orizzonte.

Fu uno shock, come la luna vista dall'altra parte. A tredici anni, scappato da casa, non potevo decifrare il senso di quella lettura, ci vagavo dentro e basta, cullato, inerme, felice come al centro di un gioco sconosciuto, felice di una felicità che era insieme il vecchio e il nuovo: tutti i natali e quel che sarà.

Il libraio leggeva le parole senza imporle all'ascolto, perché le parole non nascono, non nascevano in quell'autore, per favorire, acchiappare, assecondare, manovrare a piacimento le emozioni del pubblico, stipandole nella gabbia di un unico sentire. Il libraio restituiva le parole a se stesse. La lettura che usciva dalla sua bocca era un'offerta di toni per l'anima: salire, scendere, fermarsi. Salire, restare, risalire. Non una concessione al sentimentalismo, non una lacrima, un grido in piú, non una risata, un ammiccamento; niente effluvi di furore, smargiassate, tenerezze.

Leggeva il tempo che dura la parola nel cuore, senza picchi o sbalzi, perché il cuore ha piani sovrapposti e li esprimerebbe salendo e scendendo con metodo dall'uno all'altro se potesse farlo da solo. Rinunciando a urli e guaiti, minutaglia emotiva.

E mentre, ignaro di tutto questo, me ne stavo lí a occhi chiusi per non perdermi nemmeno un tratto di quella specie di melodia, arrivarono a svegliarmi come tuoni i dieci rintocchi di San Giovanni. Cominciai a correre verso casa.

Ma quella sera non mi bastò. Mi sentivo come all'inizio di un'avventura tutta mia. Dovevo entrare in quella libreria, dovevo ascoltarlo da vicino. Ma come? Lasciar casa, il letto vuoto di notte, anche se per poche ore? Manco a parlarne, prima o poi qualcuno se ne sarebbe accorto. Subito, anzi, con l'abitudine che aveva mamma di venirmi a baciare quando già dormivo... Avrei potuto inventare qualche scusa, che so, un'improvvisa voglia di vedere il mare di notte, un incontro segreto con gli amici per giocare alle spie notturne... ma avrebbero chiesto, indagato, e non sarei riuscito a nascondere la verità. E non volevo, non volevo assolutamente che sapessero, un po' perché mi vergognavo, ma soprattutto perché quella era una cosa proprio mia, forse la prima, e ne ero geloso.

Di rassegnarsi nemmeno a pensarlo, cosí mi rodevo dentro e se ne accorsero un po' tutti: non ero mai stato tanto «frullo» come in quei giorni.

Poi all'improvviso mi scattò la scintilla. Era un'idea pazzesca, ma perso per perso, tanto valeva provarci. Scesi da zio Nestore. Lo trovai che stava armeggiando intorno a un oggetto indefinibile, ma sapevo che era fatica inutile chiedergli cosa fosse, perché non avrebbe risposto.

Zio Nestore e io, l'ho già detto, eravamo due gocce d'acqua, tanto che papà per ridere ogni tanto diceva che suo fratello l'aveva fatto cornuto. Eravamo piccoli e smilzi allo stesso modo; di spalle, perfettamente identici. Spesso, da lontano, si sbagliavano anche papà e mamma, e chiamavano l'uno per l'altro.

Quella era l'idea, pazzesca, sí, ma buona, e dovevo rischiare. Cosí glielo chiesi. Gli chiesi di coricarsi nel mio letto a testa in giú dalle nove a mezzanotte, e far finta di dormire. Non gli spiegai perché, gli dissi solo che non andavo lontano, che dovevo assolutamente stare fuori di casa per qualche notte, che non ero in pericolo, che non facevo niente di male. Tre ore, solo tre ore, poi sarei ritornato e poteva andarsene nel suo letto.

Lui, ovviamente, non rispose, e non seppi mai cosa abbia pensato di me in quel momento. Forse gli tornò in mente qualcosa del suo passato, o forse, piú semplicemente, pensò a una fidanzatina segreta, sta di fatto che si voltò sorridendo, mi guardò in faccia e fece «sí» con il capo; nient'altro. Poi si girò e riprese ad armeggiare.

Ero già sulla porta quando lo richiamai:

– Zio, da stasera.

Vidi la sua testa che era la mia andare su e giú come a dire di nuovo sí.

Cosí ero finalmente lí. Non era stato facile intrufolarsi senza farsi vedere. Ma la porta era aperta, la luce, pur se debole, accesa. Ero entrato carponi, strisciando come una faina, come un gatto. Appena messa la testa dentro, avevo avvertito il vuoto e l'odore, un odore mai sentito, ma buono.

Elaborai subito un piano. Sulla mia destra c'era una pila di libri che mi poteva nascondere e mi ci misi dietro come un ladro.

Nella stanza non c'era nessuno, non una sedia era occupata. Non c'era nemmeno il libraio. Dietro il tavolino scrostato, la sedia era messa di tre quarti, come per consentire a chi si sarebbe seduto di guardare verso la porta. L'unico rumore distinguibile era una specie di sibilo che veniva dalla parete di destra, quella piú corta: forse un tubo, dell'acqua o del riscaldamento. Alzai lo sguardo e vidi che potevo aprirmi uno spiraglio tra due colonne di libri: quanto bastava per vedere la stanza senza essere visto. Però il cuore andava a gran balzi: strano, pensai, che il cuore non puoi far niente per rallentarlo o accelerarlo, va per i fatti suoi, come gli pare.

Dentro faceva caldo ma non ebbi il coraggio di togliermi la giacchetta, per evitare qualsiasi rumore; cominciai a sudare un po'. Passarono per la strada due persone in bicicletta, una scampanellò proprio davanti alla porta, l'altra urlò un «Vaffanculo minchione» evidentemente rivolto al libraio.

E lui, con un tempismo che mi soffocò un risolino, entrò proprio in quell'istante. Inforcò lentamente gli occhiali, drizzò la sedia e poggiò sul tavolo il libro che aveva in mano. Poi si sedette. Era davvero piccolo, me lo ricordavo bene: scompariva dietro il tavolo e non arrivava al pavimento coi piedi, come al caffè *Garibaldi*. Mamma, pensai, ma come può essere cosí piccolo un uomo? Non era un uomo, questo si vedeva, era proprio uno sgorbio, uno scherzo di natura. Mi tornò in mente la definizione di Cispa: «È un folletto». Un folletto, sí, ma di quelli brutti. Era distante da me sí e no dieci metri e la faccia adesso gliela vedevo bene: non era proprio una faccia, anzi, tutta la testa non era una testa, avrei detto piuttosto una piccola zucca, con una protuberanza spaventosa sul davanti. Per quanto mi sforzassi, non riuscivo a scorgere gli occhi: erano microscopici, quasi invisibili.

Si guardò a lungo attorno, chissà perché, visto che non c'era anima viva, e poi con studiata lentezza aprí il volume, quasi in due parti uguali. Accarezzò le pagine, una, due volte, poi, senza nemmeno guardarle, cominciò:

Ho posato la maschera e mi sono visto allo specchio...

Sussultai. Non solo perché la voce era molto diversa da come l'avevo sentita sere prima, ma anche perché veniva dal nulla, come un gesto improvviso, come... come quando aprono la fontana in piazza Mazzini e tutti i colombi scappano via terrorizzati.

Ero il bambino di tanti anni fa...
Non ero cambiato per niente...

È questo il vantaggio di sapersi togliere la maschera.
Si è sempre il bambino,
il passato che resta,
il bambino.

Ho posato la maschera, e me la sono rimessa.
Cosí è meglio.
Cosí sono la maschera.

E ritorno alla normalità come a un capolinea.

Silenzio. Ma mi era bastato un attimo, un solo attimo per tornare in quello stato d'animo dell'ultima volta, di quando aveva rintoccato San Giovanni. Pur essendo un bambino e non sapendo niente di poesie, mi riempii all'istante di quelle parole, e avrei potuto ripeterle a una a una senza sbagliare. Ecco, mi dissi, è chiaramente suggestione. Tanto per tranquillizzarmi provai a ripetere in silenzio: «Ho posato la maschera e mi sono... bambino, il passato che resta... Cosí sono la maschera... un capolinea». Man mano che recitavo, sentivo il fiato ingrossarsi, sentivo, adesso sí, il sudore su tutta la fronte, e il cuore battere cosí forte che pensai se ne accorgesse anche lui. Le sapevo, conoscevo quelle parole a memoria un attimo dopo averle ascoltate. Non c'erano dubbi, altro che suggestione. Mi dissi: sto sognando; pensai: forse sono morto, no, morto no, forse ho una malattia strana di quelle che nessuno conosce e capitano a uno solo sulla terra. Guardai nel buco: tutto era come prima, stesse pareti, stesse pile di libri, stessa vetrina.

Lui era ancora lí, brutto da far schifo con quella voce fantastica. Ma che voce era? Come di donna, no, no, nemmeno: piú tonda, piú rasposa; era rassicurante ma disperava, era limpida, quasi neutra, eppure opprimente, come un ritornello che non te lo togli piú dalla testa.

Ma tutto quello che io provavo dentro non veniva dal suo tono, veniva proprio direttamente da quanto aveva detto, come se le parole...

La vigilia di non partire mai
per lo meno...

Aveva ricominciato. Nel mio delirio forse mi ero perso l'inizio.

...non ci sono valigie da fare
né si devono fare progetti per iscritto,
con la scorta involontaria delle dimenticanze,
per la parte ancora libera del giorno dopo.

Non c'è da fare niente
la vigilia di non partire mai.

E allora mi accorsi di un'altra cosa forse piú straordinaria ancora. Il prodigio della memoria non era niente rispetto a quanto mi succedeva nella mente e nell'anima. Io avevo chiaro, chiarissimo, non solo il senso di quel che diceva il poeta che neanche sapevo chi fosse; no, no, il senso, come dire, definitivo di tutte quelle parole messe in fila cosí e che solo cosí potevano darsi, tanto che a spostarne una, anche una sola, sarebbe svanito tutto. Non avevo e non ho parole per spiegarlo, quel senso, so solo che in quei versi c'era qualcosa che sta in fondo a tutti i bambini e a tutti gli uomini, anche a quelli che non sanno e non se ne accorgono.

Mi girava la testa. Noi avevamo letto tante cose a scuola e ce le spiegavano pure bene, ma il dolore e la gioia di un poeta erano piccole interferenze nelle nostre giornate; veloci messaggi che ci dicevano: «C'è anche questo nella vita, c'è anche la poesia».

Quella sera no. Quella sera io ero davanti a qualcosa d'immensamente piú alto ed esaltante e terrificante, e cioè: «Questa è la vita». Ricordo che pensai: «Forse san Francesco si sentiva cosí a vedere Dio», poi mi risi un po' addosso: non c'entrava niente, quelle erano state visioni, esperienze mistiche. La mia era un'esperienza concreta: potevo quasi toccare i pensieri e i sentimenti, come se avessero un corpo e dei confini. E questa conoscenza dei confini fu subito bellezza. Non sapevo definirla, la bellezza, ma i suoni, gli accenti e poi il senso, possedevano in sé questa istantanea traduzione: bellezza, pensai, è star bene, sentirti pieno di cose e averne altre fuori che ti rivestono perfettamente, senza lasciarti un solo pezzo di corpo scoperto: bellezza è questo vestito che ti senti cucito addosso, soffice, caldo, indistruttibile, fra tanti altri che mancano sempre di qualcosa.

Quando riprese a leggere, ero euforico. Mi ero accorto (in mezz'ora? in un'ora?) che certe parole fanno prodigi e pensavo tra me e me: «Quanti uomini avranno scritto parole cosí? Migliaia, di piú, forse. E quanti saranno i libri, quante le parole usate? Piú di tutti gli alberi, di tutte le farfalle, di tutti i mattini. E per quanti tu possa viverne, non esistono due mattini con gli stessi alberi e le stesse farfalle».

C'era un tizio, a Selinunte, un po' tonto, il Fresca, che diceva di parlare con le piante. La gente lo scherniva: «Fresca, che ti ha detto l'acero stamattina?» e lui rideva, rideva sempre, non gliene importava niente degli sberleffi. Anch'io ne ridevo. Ma adesso mi sentivo simile a lui.

Il libraio lesse ancora: leggeva e io sentivo senza capire. Come se quei pezzetti di suono si calamitassero tra loro e formassero una piccola figura compatta: un unico assemblarsi in una sola vivida emozione; e io quella provavo, quella avevo dentro, non altre. Pensai: è come quando conosci una persona e non ci son piú gli occhi, il braccio, le spalle, i piedi, i capelli; quelle cose non sono la persona, neanche messe tutte insieme: la persona è un'altra cosa. La maschera? Il viaggio che non ha partenza? Tutto il resto gira attorno, gira attorno e te li mette in luce. E allora li senti ripetuti in te fino all'ossessione. Senti che si muovono vorticosamente come le pale di un mulino a vento fino a ricomporsi nella maschera, nelle non-partenze. Il sentimento è lí, è lí la forza che ti attanaglia: la «persona» che riconosci senza errore.

Da lí in poi è tutto facile: la maschera fu per me, subito, la finzione, la parte che mostri e non riconosci. E la non-partenza il risveglio di tutti i giorni nell'attesa di qualcosa che non viene mai.

Come facevo a sentire con tanta chiarezza?

Che razza di miracolo era mai quello?

Ma il Padrone della Tabaccheria si è fatto sulla porta
[e vi è rimasto.

Lo guardo col disagio che dà la testa girata a metà
e col disagio che dà l'animo quando ha per metà inteso.
Lui morirà e io morirò.
Lui lascerà l'insegna, io lascerò dei versi.
A un certo momento morirà anche l'insegna, e anche i versi.

E cosí l'insegna che si spegne è pari al ridicolo delle lettere d'amore, è pari al volo della mosca.

E il tempo ride come un fanciullo che bara per vincere sempre.

Avevo la bocca piena di sangue e il naso pure. Giufà mi stava sopra e mi teneva strette le braccia dietro la schiena.

– Dillo, dillo che è il diavolo!

– Mai! – Non avevo quasi piú fiato. Mi ero solo preso un pugno, ma bello diretto, e quelli di Giufà fanno male.

– Dillo, dillo!

Gli altri tutt'intorno ridevano e gli facevano coro, io mi sentivo svenire e loro sghignazzavano. Sembravo una rana quando le metti un dito sulla pancia e lei agita le zampe da tutte le parti per liberarsi. Ma agitandomi agitandomi, trovai una pietra a terra e gliela cacciai fra gli occhi. Giufà fece una faccia strana, come di chi non si aspetti che una pistola ad acqua spari proiettili; barcollò qualche secondo e poi stramazzò rumorosamente al suolo.

Il coro si zittí. Nessuno aveva piú voglia di ridere. Si sentí qualche «ooh»: due o tre si chinarono su Giufà, gli altri se la diedero a gambe.

Giufà non si era fatto niente, solo una gran botta. Io ebbi il tempo di rialzarmi e passarmi la mano sul viso per ripulirlo dal sangue; respirai tre o quattro volte profondamente, poi lo aiutai a tirarsi su. Sembrava il Vispa, l'ubriacone di Selinunte. Si guardò intorno, a destra e a sinistra, poi guardò me: lo affrontai subito.

– Guai a te se dici a qualcuno che ci siamo picchiati per

questa storia del libraio, – gli urlai in faccia, – se lo fai te lo mando a casa!

– No, no, – piagnucolò Giufà.

– Ci siamo picchiati per la minchia, questo devi dire: per chi ce l'aveva piú lunga.

– Sí, per la minchia... – stava a poco a poco riprendendosi, – e chi ce l'ha piú lunga?

– Che importa, è una scusa...

– Ce l'ho io piú lunga! – farfugliò.

– Ah, Giufà... Non me ne fotte niente se ce l'hai piú lunga: hai capito? Hai capito bene?

– Sí, ho capito, ma non mandarmi il libraio a casa, mi fa paura, quello.

– Se lo dici ai tuoi, te lo mando con tutti i suoi aiutanti, perché forse non lo sai, mica è solo, ce ne sono molti come lui qui intorno...

– Molti? E chi sono?

– Tu non ti preoccupare, tu non li vedrai mai, basta che fai come ti ho detto.

Tornai a casa che facevo schifo. Mia madre mi subissò di «perché?» e «come?» e «quando?» Mi disinfettò la ferita bombardandomi di domande: «Oh, Nicolino, Nicolino, ma ne valeva la pena?» e poi «Possibile che si faccia a pugni per una stupidaggine simile? Dài, vieni, che adesso avrai pure fame». E finí nella consueta dolcezza, la sua, che non avrei dimenticato mai.

Mio padre al contrario s'infuriò fin troppo. Aveva bevuto un bicchiere in piú e questo peggiorava la situazione. Ovviamente non gliene fregava niente del mio naso mezzo rotto e del labbro che mi penzolava.

– Tu ce l'hai piú corta di Giufà? – continuava a ripetere.

– Sí, – rispondevo, – sí, papà, ma può crescere ancora e poi...

– Chi se ne fotte, chi se ne fotte. Ma perché allora avete fatto a pugni?

Effettivamente, anche da ubriaco papà ragionava bene.

– Perché la mia è piú corta, ma piú bella, – mi venne da rispondergli.

– Piú bella cosa? Le minchie sono minchie, non ce ne sono di piú belle!

– E invece la mia lo è, – risposi impettito, sperando che facesse effetto. E un effetto lo fece: mi tirò un ceffone che sentii rimbombare su per tutto il naso, e non andò avanti solo perché mia madre lo strattonò e se lo portò via per sbatterlo a letto, visto che per quella sera non se ne poteva fare altro.

Giufà confermò la mia versione e il giorno dopo eravamo amici come prima.

Ma le sue parole sul libraio non erano purtroppo solo invenzioni di un ragazzino qualunque: venivano da piú in alto. Me ne accorsi da segni prima impercettibili, poi sempre piú evidenti. Quando il libraio si presentava in piazza Garibaldi e si sedeva al tavolino per l'aperitivo, faceva terra bruciata intorno a sé. Nessuno gli si accostava, nessuno voleva aver niente a che fare con lui. Nei due ristoranti, *Da Gino* e *Alla gran mangiata*, cominciarono a inventar scuse per mandarlo via: che tornasse piú tardi, che era già tutto prenotato. Poi, senza mezzi termini, gli fecero intendere che lí non ce lo volevano proprio. Cosí cominciò ad andare per botteghe, a comprarsi da mangiare: uova, mozzarella, qualche volta un po' di pesce. Il giorno che chiese credito, perché non aveva al momento piú contanti, lo cacciarono da tutti gli esercizi. E io presi a mettergli fuori dalla porta un cestino con dentro qualche frutto raccolto dagli alberi o rubacchiato in casa.

Ormai non aspettavo altro che la sera, quando zio Nestore si coricava nel mio letto e io potevo uscirmene con le scarpe in mano dalla finestra. Sapevo perfettamente come e quando intrufolarmi nella libreria e poi il mio nascondiglio era magnifico.

Però una sera arrivai in ritardo. Lui aveva già cominciato a leggere, ed ebbi per la prima volta una gran paura di farmi scoprire. Scostai lentamente l'uscio, stando come sempre gattoni, e buttai un rapido sguardo per capire se riusciva a vedermi: era tanto immerso nella lettura che se anche fosse entrata una compagnia di soldati non l'avrebbe notata. Strisciai piano piano come al solito verso la mia postazione e ficcai l'occhio nel buco che avevo predisposto tra le due pile di libri.

Mi sembrò un po' piú stanco del solito: la voce aveva qualcosa di rantolante, di affaticato. Posai la giacca vicino a me. Dopo il caldo delle prime sere, la portavo sempre sul braccio.

– Certo, m'è un rimprovero, – riprese questo, – ch'io mi sia lasciato prevenir da voi; quando, da tanto tempo, tante volte, avrei dovuto venir da voi io.

– Da me, voi! Sapete chi sono? V'hanno detto bene il mio nome?...

S'era alzato un forte vento che sbatteva a raffiche sulla vetrata. L'uscio si aprí e richiuse con un tonfo.

Già dal pomeriggio c'eran state delle avvisaglie. Il libeccio è tremendo dalle nostre parti, perché ce lo abbiamo di fronte, e quando arriva le onde si alzano fino alla torre di Castore e Polluce; la gente si barrica in casa e non esce per nessun motivo. Pensai che lo zio Nestore in quel momento era in ansia per me.

– ... una buona nuova io? Ho l'inferno nel cuore; e vi darò una buona nuova? Ditemi voi, se lo sapete, qual è questa buona nuova che aspettate da un par mio.

– Che Dio v'ha toccato il cuore, e vuol farvi suo, – rispose pacatamente il cardinale.

– Dio! Dio! Dio! Se lo vedessi! Se lo sentissi! Dov'è questo Dio?

– Voi me lo domandate? voi? E chi piú di voi l'ha vicino? Non lo sentite in cuore, che v'opprime, che v'agita, che non vi lascia stare, e nello stesso tempo v'attira, vi fa presentire una speranza di quiete, di consolazione?...

I venti non si sa mai quando arrivano, come arrivano. Sono improvvisi e inspiegabili come i moti del cuore. Un istante prima sei calmo, sei sereno ed ecco che ti senti addosso un'agitazione, una frenesia... I venti cambiano cose che eran lí immutate da sempre: spiagge, boschi, ghiacciai. Abbiamo forse anche noi dei venti nel cuore? Qualcosa che quando arriva è piú forte di tutto e non vuol sentire ragioni? È cosí, pensai, che si diventa pazzi? È cosí che appare di schianto una verità che non conoscevi e non volevi conoscere?

Avevamo già letto quel brano a scuola, ma allora non avevo pensato al vento. Lí, in mezzo a quel turbinio, a quel vocio, a quello strusciare angoscioso dell'aria sui muri, lo vidi, il vento, quello che una volta nella vita entra nel cuore di un uomo e glielo sconquassa. Fuori era tutto un ululato. E cosí nel cuore di quel bandito (o era un bravo?, non ricordavo) che voleva suicidarsi. La pistola ci aveva impressionati tutti in classe: chissà se avrebbe tirato o no il grilletto, ci chiedevamo. Ma adesso capivo. C'era troppo vento dentro di lui perché lo tirasse. E un vento che non è come il libeccio: quando arriva non è mai per caso, non è mai senza un perché...

> Cosí dicendo, stese la mano a prender quella dell'innominato.
> – No! – gridò questo, – no! lontano, lontano da me voi: non lordate quella mano innocente e benefica. Non sapete tutto ciò che ha fatto questa che volete stringere [...] È troppo! – disse, singhiozzando, l'innominato. – Lasciatemi, monsignore; buon Federigo, lasciatemi...

E poi quando il vento s'attenua, si placa, ti guardi intorno e vedi che tutto è stato sconvolto, che tutto è mutato, irriconoscibile. L'albero pende spezzato, le pietre sono rotolate via, i vetri infranti, i vasi di fiori in cocci, la fontana zeppa di rami e foglie. Ti volgi intorno e c'è una luce mai vista, spettrale, come se il mondo ricominciasse da lí e tutta quella rovina fosse stata necessaria. I venti dell'anima portano qualcosa come questa luce, ma prima devono trascinarti giú, piú giú, perché senza la fine non c'è inizio.

> Cosí dicendo, stese le braccia al collo dell'innominato; il quale, dopo aver tentato di sottrarsi, e resistito un momento, cedette, come vinto da quell'impeto di carità, abbracciò anche lui il cardinale, e abbandonò sull'omero di lui il suo volto tremante e mutato. Le sue lacrime ardenti cadevano sulla porpora incontaminata di Federigo; e le mani incolpevoli di questo stringevano affettuosamente quelle membra, premevano quella casacca, avvezza a portar l'armi della violenza e del tradimento.

Si fermò di colpo, quasi non ce la facesse piú ad andare avanti, gli mancasse il fiato: tossí, la gola gli gorgogliò; spostò un poco con una mano il libro che aveva di fronte a sé e poi improvvisamente fece una cosa che non mi sarei aspettato: pianse. Piangeva tenendo sul volto le mani che non riuscivano neanche a contenergli l'enorme naso; piangeva sommessamente: era, il suo, come il vagito notturno d'un gatto in amore. Non c'era strazio, non c'era disperazione in quel suono, avrei detto piuttosto qualcosa di simile alla felicità: un flebile canto antico, come un ringraziamento. Il pianto durò a lungo. Io mi sentivo in un altro mondo, tra il libeccio che picchiava da tutte le parti e quel gemito continuo, ininterrotto, che riempiva la stanza.

Poi di colpo il pianto cessò. Il libraio staccò le mani dal viso, si alzò e lentamente si diresse verso lo scaffale alla sua sinistra; prese un altro volume. Quando si voltò per tornare al tavolo lo fissai bene in volto: non ci vidi una lacrima, non scorsi nessun rossore.

Si sedette di nuovo. Cominciò a leggere cosí sottovoce che non capii una parola. Fuori, il rumore del vento era diventato periodico, andava e veniva quasi a tempo. Non c'erano piú sbalzi: il turbinio si fece come un'onda che s'alza, s'alza e torna ad abbassarsi, poi s'alza ancora per sfiatarsi di nuovo. Era come se un gigante, là fuori, respirasse forte, a pieni polmoni.

> ... Udito il suono improvviso, amaro, le abbracciò e disse: – Figlie, oggi vostro padre non è piú. Tutto di me è perduto, e non avrete

piú il peso di occuparvi di me; un peso duro, lo so. Ma una sola parola scioglie tutte le pene; non avrete mai da nessuno un amore piú grande del mio. [...] Tutti e tre piangevano, singhiozzavano abbracciati. Quando il pianto s'acquetò, e non si udiva piú un suono, d'improvviso una voce gridò verso di lui; per la paura a tutti si rizzarono i capelli sul capo. Era un dio che lo chiamava piú e piú volte: – Edipo, Edipo, perché tardiamo ad andare? Da troppo tempo indugi. [...] Edipo, toccando le figlie con le sue mani incerte disse: – Ora, figlie mie, dovete avere un animo coraggioso, e sopportare di andarvene di qua senza vedere o sentire quello che non è lecito. [...] Partimmo, ma dopo pochi passi ci siamo voltati indietro; non c'era piú Edipo da nessuna parte, solo Teseo che teneva la mano davanti agli occhi, come vedesse qualcosa di terrificante, impossibile da sopportare...

La spinta del vento si stava attenuando. Restava l'onda, l'andare e ritrarsi continuo del suono.

...In che modo è morto, nessun uomo tranne Teseo è in grado di dirlo. Non l'ha colpito la folgore del dio, non l'ha travolto una tempesta marina sorta in quel punto: l'ha preso con sé un messaggero degli dèi o si è aperto per lui, benignamente, senza dolore, il baratro sotterraneo. Se n'è andato senza gemiti, senza affanni, senza sofferenze. Una cosa meravigliosa...

Voci all'unisono, improvvise:

– È morto?

E poi una voce di donna:

– Come meglio non si potrebbe desiderare. Non l'ha ucciso la guerra, né il mare, ma i campi oscuri se lo sono preso in un destino misterioso. Ma a noi, infelici, una notte mortale è calata sugli occhi...

Bava di vento, sussurri, sfrigolio d'uscio. Voce di donna:

– È morto dove voleva, nella terra ospitale. [...] Hai voluto morire nella terra che ti ha dato ospitalità, ma solo, senza di me...

Assenza totale di vento, nessun colpo, nessun sibilo. Cadono i muri, spariscono le sedie, non c'è piú un libro, non c'è piú la stanza, non una casa fuori, non Selinunte; improvvisamente bianco e curvo e vecchio il libraio mi sta davanti e siamo in un bosco immenso tutto percorso dalla luce e ci siamo davvero, perché io tocco l'acanto e l'eucalipto, vedo e odo le due ragazze piangere con le vesti stracciate; seguo impietrito, fin che posso, il vecchio curvo che va a tentoni perché dev'essere cieco, è cieco e non sa dove va, ma va dietro qualcuno che lo chiama a voce alta e dolcissima sempre con la stessa incomprensibile frase:

ὦ οὗτος οὗτος, Οἰδίπους, τί μέλλομεν χωρεῖν; τί μέλλομεν χωρεῖν; τί μέλλομεν χωρεῖν;

Interminabile, infinito il distacco, e piú si allontana piú la luce si fa intensa, imperversa su di lui: solo per un attimo il vecchio guarda indietro e io vedo che ha sul volto un grande sereno sorriso, poi niente: si perde, fino a farsi un punto in mezzo a una radura spoglia, petrosa, nel bosco, che è il bosco di Colono, io lo so, anche se non dovrei saperlo, anche se non so nemmeno dove sia.

Ritornarono i muri, i libri, le sedie, ritornò la stanza. Il libraio era lí, grigio e nero, piccolo e brutto come sempre.

Com'è grande, pensai dentro di me.

Che straordinaria forza, continuo a pensare oggi, è quella di trascinarsi gli affetti fino a perderli uno a uno, quanto piú ce li hai nelle viscere e nel sangue. Che battaglia perduta e pur combattuta fino all'ultimo respiro contro un nemico che non si vede, che delirante segno di sé conoscersi e soffrirsi fino allo spasimo, sapendo di possedere un'immensa luce dentro che esce a brani, a strappi, a barlumi. Che straordinaria, incrollabile fede nella vita, questo andare incontro a Dio, alla fine, sorridendo cosí, perché si è stati piú forti di tutte le gioie e le sventure, di tutti i misteri, di tutti gli odî e gli amori. Io sono un uomo: altro non c'è, non contano né il viaggio né gli incontri, non contano la tempesta e il sole, non contano i giorni, le ore; non conta nemmeno il senso delle cose, che brilla o si spegne. Io sono un uomo e basta: al di là e oltre, con o senza tutto questo.

Quella notte per rientrare in casa dovetti battere sulle imposte, chiuse per il libeccio. Zio Nestore mi aprí subito, con un balzo fui sul davanzale e senza una parola ce ne andammo tutt'e due nel nostro letto.

Il giorno dopo accaddero due fatti inspiegabili. Un fulmine a ciel sereno si abbatté sulla fontana della Ninfa che a me non era mai piaciuta, ma che risaliva al Seicento ed era un nostro fiore all'occhiello. La Ninfa non cadde subito: si spostò e rimase in bilico sulla nicchia superiore (le nicchie sono tre, una sopra l'altra). Dagli e ridagli, pensa e ripensa come tirarla giú da lí, la Ninfa batté tutti sul tempo e si sfracellò al suolo un'ora dopo.

Piú grave ancora fu il secondo fatto: si smarrí una bambina. La figlia del ciclista di Selinunte, lo stesso, io lo sapevo, che era passato quella prima sera a insultare il libraio.

Fu cercata ovunque: carabinieri, guardie forestali, privati cittadini si sparpagliarono nei dintorni e setacciarono il territorio metro per metro. Non fu trovata. La bimba era troppo piccola per essersi allontanata cosí tanto da sola e cominciò a sorgere il sospetto che qualcuno l'avesse rapita per farle del male. Forse anche ucciderla. Ma chi poteva aver fatto una cosa del genere a Selinunte, dove tutti si conoscono, tutti sono amici e i carabinieri passano i giorni a giocare a tressette?

Le insinuazioni divennero via via sempre piú precise. Subentrò il sospetto, poi la certezza comune.

– È stato lui, l'ho sempre detto che ha uno sguardo da porco, – diceva l'uomo del rabarbaro.

– No, non è per quello: porco lo è, ma l'ha fatto per vendetta, ne sono sicuro, – gli faceva eco Sante.

In pochissimo tempo tutta Selinunte fu convinta della sua colpevolezza.

I carabinieri dovettero andare a prenderlo per interrogarlo. Lo tennero alla stazione per ore, ma non ne cavarono niente. Anche la perquisizione della casa, ordinata dal giudice Impastato, non forní elementi utili. Tutto pareva scagionarlo, anche perché, per l'ora della scomparsa della bambina, il libraio aveva parecchi alibi: era stato visto da molti negozianti della via centrale mentre cercava vanamente di comprare qualcosa.

Ma il sospetto non passò. Anzi, di fronte all'impotenza della legge si fece piú convinto, perché in fondo quell'uomo, si diceva, era una specie di mago o diavolo e poteva fare anche le cose inspiegabili.

Io mi sentivo triste. Erano passati quasi due mesi da quella prima sera, due mesi che zio Nestore dormiva nel mio letto e si prendeva il bacio della buonanotte da mia madre. In quei due mesi il tempo delle parole era diventato il mio vero tempo, una seconda vita: noi due soli, nel silenzio assoluto, in quella stanza fuori dal mondo. E poi la bellezza di quella voce che m'incantava, mi rapiva.

Ora diventava tutto piú difficile: andarci, assistere, non farsi vedere. E quanto sarebbe durato ancora?

Mia madre, che mi capiva al volo, mi prese da parte e me lo chiese:

– Che c'è, Nicolino? C'è qualcosa che non va?

– Niente, mamma, sono solo un po' stufo degli amici, della scuola, non mi diverto piú tanto.

– E tu gli amici cambiali... la scuola no, quello non farmelo, Nicolino, perché sei intelligente e devi trovare una bella professione... Però non è cosí, vero, Nicolino? Non sono gli amici, non è la scuola...

– Lasciami stare, mamma, passerà.

– È una ragazza: quello sta dietro a una ragazza che non lo vuole, – tagliava corto mio padre che non ci aveva mai capito niente.

– È l'età, – disse il dottor Mancuso, quando mia madre lo consultò, – non sono né bambini né uomini. Si chiama malinconia da crescita. Non si preoccupi, passa da sola; bisogna solo essere affettuosi.

Confortati dall'illustre clinico, i miei per un po' mi lasciarono in pace.

Io continuavo ad aspettare la sera con una specie di voracità in cuore. Non mi andava d'impegnarmi in niente, tutto mi dava noia.

Finalmente restaurarono alla bell'e meglio la Ninfa e la rimisero al suo posto grazie a una carrucola verticale dello zio Nestore. Quella sera, forse per consolarmi di quella mia vaga tristezza, mamma mi disse:

– Vattene un po' in giro da solo, Nicolino, se vuoi: ti dò anche i soldi per il gelato, basta che non torni troppo tardi.

E cosí mi trovai accucciato dietro le due solite pile di libri, senza nemmeno la preoccupazione di essere scoperto. Il libraio era rimasto fuori ad attendere piú del solito, forse per sfida, forse perché si aspettava che qualcuno venisse a provocarlo. E invece non accadde niente. Anche questa allora mi parve una cosa strana: tutti gli parlavano dietro quand'erano in gruppo, ma nessuno, da solo, osava affrontarlo. O lo faceva, ma nell'ombra, quand'era sicuro di non essere visto.

Non indossava la solita giacca gessata grigio-nera. Era in maniche di camicia, con i calzoni tenuti su da due bretelle cosí corte che avrei potuto usarle per la fionda. Sembrava quasi allegro: gli angoli della bocca erano rivolti leggermente in su come se accennassero un sorriso.

> Ivan Il'íč si allontanò, tornò nel suo studio, si stese e cominciò a pensare: «Il rene, il rene mobile». Ricordò tutto quello che gli avevano detto i dottori su come si stacca e si muove. E con uno sforzo di immaginazione tentò di afferrare questo rene e di fermarlo, di consolidarlo: gli sembrava bastasse cosí poco. [...] «L'intestino cieco! Il rene, – si disse. – La questione non è l'intestino cieco, non è il rene, ma la vita e... la morte. Sí, c'era la vita, e adesso se ne sta andando, se ne sta andando e io non posso trattenerla».

Notai subito, con sorpresa, che quello non era il suo solito modo di leggere: la monotonia grave che s'impenna in sbalzi improvvisi e studiati ritorni. No. Stava leggendo come se parlasse in prima persona, con pause, bisbigli, cambi d'intenzione: quelli che ha qualcuno quando racconta di sé e si accalora.

> Ed egli si mise a ripercorrere nell'immaginazione i momenti migliori della sua vita piacevole. Ma, cosa strana, tutti questi momenti migliori della sua vita piacevole, adesso gli apparivano completamente diversi da come gli erano apparsi allora. Tutti, a eccezione dei primi ricordi dell'infanzia. Là, nell'infanzia, c'era qualcosa di effettivamente piacevole, con la quale sarebbe stato possibile vivere se fosse ritornata a lui. Ma [...] era come il ricordo di qualcun altro.

Feci un movimento storto, che so, per appoggiarmi meglio, e un libro, il piú alto della pila, forse in bilico da sempre, cadde fragorosamente. Mi si gelò il sangue. Mi raggomitolai il piú possibile dietro il riparo e stetti cosí, a braccia conserte e occhi sbarrati, senza quasi respirare.

Il libraio s'interruppe per qualche secondo, forse guardò dalla mia parte, di certo non si alzò, non venne verso di me, perché l'avrei sentito. Quando ricominciò a leggere dal punto e con la voce di prima, tirai un lungo sospiro di sollievo: ma non me la sentii di mettere l'occhio nella fessura; rimasi ad ascoltare e basta.

> Cos'era stato dunque? Perché? Non può essere. Non è possibile che la vita sia stata cosí insensata, cosí ripugnante [...] «Forse non ho vissuto come avrei dovuto? – gli veniva improvvisamente in mente. – Ma come è possibile, se ho fatto tutto come si doveva?»

Era come immerso nella parte, era un'altra persona. Quella ormai non sembrava piú una lettura, ma una confessione, una specie di soliloquio. E infatti smise di leggere e proseguí a memoria:

> E piú si andava all'indietro, piú si trovava vita. E piú si trovava il bene nella vita, piú si trovava la vita stessa. [...] Un solo punto luminoso era là, indietro, all'inizio della vita, e poi tutto diventava sempre piú buio e precipitoso. [...] Le sofferenze morali

consistevano nel fatto che [...] gli era improvvisamente venuto in mente il pensiero: «E se effettivamente tutta la mia vita, la mia vita cosciente, non fosse stata come doveva essere?» [...] Aveva pietà di loro, bisognava fare in modo che non provassero sofferenza. Risparmiare loro e risparmiare se stesso da quelle sofferenze.

«Quant'è bene e quanto è facile, – pensò. – E il dolore? – si domandò. – Dov'è andato? Allora, dolore, dove sei?»

E si mise in ascolto.

«Sí, eccolo. Ebbene, lasciamo che il dolore sia».

«E la morte? Dov'è?»

Cercò la sua solita paura della morte, la paura di un tempo, e non la trovò. Dov'era? Quale morte? Non c'era nessuna paura perché non c'era nemmeno la morte.

Al posto della morte c'era la luce. [...]

«È finita la morte, – si disse. – Non esiste piú».

E questa è l'ultima sera, Nicolino.

Ora so perché mi salutò e so che forse aveva sempre saputo che io ero lí.

Ora so anche perché scelse Ivan Il'íč. Perché parlava di noi: di quello che vorrebbero essere e di quello che invece sono gli uomini, tutti gli uomini. Perché Selinunte in realtà è il mondo e non ce n'è un altro che non sia Selinunte. Perché Ivan Il'íč se ne va nell'ultima luce che aveva visto Edipo nel bosco di Colono.

L'indifferenza, l'ipocrisia, la maschera per imparare a vivere. L'egoismo, dove tutto è inspiegabile. E poi il viaggio a ritroso lunghissimo e straziante fino all'amore per ogni cosa: per sé, per gli altri, contro ogni logica.

Il libraio salí.

Quando sporsi il capo da dietro la pila, la stanza era vuota, assolutamente vuota. Non c'era piú una sedia. In altri tempi me ne sarei stupito, allora no.

Stavo svoltando nell'Assunta, quando cominciai a sentire i colpi e il rumore dei vetri infranti. Mi voltai. Saranno state sette, otto persone. Tiravano su i ciottoli dalla strada e li lanciavano contro la libreria senza un commento o un urlo, in un drammatico perfetto silenzio. Presi a correre verso casa nella luce lunare larga, intensa, bianchissima. E sapevo, dentro me, che sarebbe stata l'ultima volta.

«Ricordare, piú in fretta, piú in fretta, ricordare», e già sbattevo giú tutto dal mio tavolino, facevo posto, spazio. Penna, fogli, ricordare. Scrivere.

– Vorrei veramente esser morta, – diceva in lacrime partendo. – Tutto, ma non questo dolore che soffriamo insieme, Saffo, non voglio, io non voglio lasciarti –. Io le risposi: – Vai serena e ricordati di me, ti ho amato, sai...

Piú in fretta, piú in fretta ancora, la luna è ancora alta, ma il giorno è vicino... forse Romeo...

– Oh, parla ancora, angelo splendente, poiché
tu sei gloriosa in questa notte, alta sopra il mio capo,
come appare un alato messaggero dal cielo
agli occhi stralunati e attoniti
dei mortali piegati all'indietro a contemplarlo
mentre cavalca le nubi in lento movimento
e veleggia sul grembo dell'aria.

E poi quel finale, sí, quel finale disperato:

Nella mia prima età, quando s'aspetta
bramosamente il dí festivo, or poscia
ch'egli era spento, io doloroso, in veglia,
premea le piume; ed alla tarda notte
un canto che s'udia per li sentieri
lontanando morire a poco a poco,
già similmente mi stringeva il core.

Sono lento, lento.

Nessun maggior dolore
che ricordarsi del tempo felice
ne la miseria...

Quis nunc te adibit? Cui videberis bella?
Quem nunc amabis? Cuius esse diceris?

Quem basiabis? Cui labella mordebis?
At tu, Catulle, destinatus obdura.

E dal latino al fango:

> Se desidero un'acqua d'Europa, è la pozzanghera
> nera e gelida in cui, nell'ora del crepuscolo,
> un bimbo malinconico abbandona, in ginocchio,
> un battello leggero come farfalla a maggio.

E poi le ombre e il sole:

> ...quando Albertine mi lasciava [...] io sentivo nel giardino del vicino monastero, ricca e preziosa nel silenzio come il suono d'un armonio di chiesa, la modulazione di un uccello sconosciuto, che cantava già mattutino nel modo lidio, introducendo nelle mie tenebre la ricca nota sfolgorante del sole ch'esso già scorgeva.

Troppi, non ho tempo.

> – Chi sogna chi? Io so che ti sogno, ma non so se tu mi stai sognando. L'albergo di Adrogué fu demolito tanti anni fa, venti, forse trenta. Chissà.
>
> – Il sognatore sono io, – replicai con una certa aria di sfida.
>
> – Non capisci che l'importante è accertare se c'è un solo uomo che sogna o due che si sognano.
>
> – Io sono Borges, che ha visto il tuo nome sul registro ed è salito.
>
> – Borges sono io, che sto morendo in Calle Maipú.

E ancora:

> Ma qui già comincia una nuova storia, la storia del graduale rinnovarsi di un uomo, [...] del suo graduale passaggio da un mondo in un altro, dei suoi progressi nella conoscenza di una nuova realtà, fino allora completamente ignota.

Mi fermai al centesimo ricordo, non ce la facevo piú.

Il fumo saliva grasso e denso, a sbuffi, a volute, fino a formare tanti piccoli funghi bianchi e grigi che andavano a diradarsi e sciogliersi piú in alto come ovatta e zucchero filato, tra migliaia di piccole, inesauribili scintille rosse, rosa e poi nere.

Ma piú del fumo colpiva l'odore, l'aria ne era satura. Un che di acre, pungente. All'improvviso era calata una cappa su tutta la città: come se il tramonto fosse senza sole e la luce venisse direttamente da sotto la terra, arsa, colma di veleni nascosti, finalmente liberi di uscire tutti insieme.

In pochissimo tempo non si vide piú nulla: una nuvola immensa coprí le case e le strade. Nel parapiglia generale ogni tanto spuntava qualche figura che correva chissà dove, subito inghiottita dalla nebbia, dal fumo.

Tutto era irreale: voci e richiami si alzavano un po' ovunque; si gridava nei toni piú diversi, della paura, dello sconcerto, della sorpresa. Tutti urlavano ma non c'era nessuno, non si distingueva nessuno.

Ero corso alla finestra proprio mentre mio padre e mia madre entravano nella mia stanza. Vidi lontane, altissime lingue di fuoco sollevarsi poco piú in là: capii subito dove, e insieme capii che l'incendio era scoppiato da un bel po', perché era impossibile che fosse cominciato allora, tutto quell'inferno. Papà e mamma non li guardai nemmeno, avvertii vagamente che stavano gridandomi qualcosa dietro: papà riuscí anche ad afferrarmi per un braccio, ma mi divincolai subito con uno strattone. Saltai dalla finestra in maglietta e pantaloni, fui sulla strada e presi a correre a perdifiato, senza vederci niente, ma io quel tragitto lo conoscevo a memoria. Voltando nell'Assunta cominciai a urtare le persone, scivolai, cascai due o tre volte, inciampavo e mi rialzavo continuamente senza rendermene conto. Sentivo il cuore in gola, pensai: «Adesso me lo mangio, per sbaglio me lo mangio», andai a sbattere contro un lampione che non mi ricordavo fosse lí e mi tirai su senza sentire niente. «Strano, non mi fa male», mi dissi passandomi distrattamente una mano sul viso: c'era sangue. Poi, miracolosamente, appena fui in vicolo Tremonti, tutto parve piú chiaro: lí, proprio lí dove l'incendio era scoppiato, il fumo era meno denso, ampi squarci si aprivano qua e là.

In quegli squarci vidi il pandemonio. Gente che andava e veniva, persone che portavano secchi d'acqua e pompe da giardino usate come idranti di fortuna; facce allampanate, fantasmi che apparivano e scomparivano lanciando ordini, allarmi, richieste. Ma a guardar bene, con piú attenzione, non erano poi tanti quelli che si davano da fare in mezzo al disastro: i piú se ne stavano in cerchio, immobili, a rispettosa distanza, le braccia conserte, e guardavano il fuoco salire come si guarda uno spettacolo, un film di quelli che d'estate dànno all'aperto. Molti sorridevano, qualcuno faceva strani gesti, i piú conversavano, commentavano, pontificavano.

Lí com'ero, impietrito, col sangue che mi colava (ancora!) giú dal viso, colsi solo spezzoni:

– Era ora, non se ne poteva piú.

– Com'è stato è stato, meglio cosí.

– Speriamo non sia morto.

– E chi se ne fotte!

– Ma come sarà successo?

– Colpa sua.

– Cosa minchia dici?

– Gli sta bene, c'è un dio, finalmente!

La casa del libraio bruciava. Non si vedeva piú, era completamente avvolta da fiamme rosse, gialle, viola, soprattutto viola. Era evidente che i secchi e le pompe da giardino non potevano bastare, e i pompieri, se qualcuno li aveva chiamati, dovevano venire da Lilibeo o da Girgenti, e chissà quando sarebbero arrivati.

Il fuoco era lí, in quel tramonto, un dio stralunato, colmo d'ira e di vendetta, invincibile perché senza braccia, senza mani, senza un petto dove infilare una spada, senza una testa da mozzare e farla finita.

Improvvisamente mi scossi, uscii da quella specie di torpore e realizzai dov'ero, cosa stava succedendo: realizzai che non potevo farci niente, che assistevo a una morte, a una fine, a una partenza senza ritorno.

Il libraio era lí dentro, e da lí non sarebbe mai uscito, non poteva essersi salvato in nessun modo. Intrappolato lassú nella sua stanza, con quell'unica stretta scala per scendere a pianterreno.

L'incendio doveva essere scoppiato all'improvviso, e partito da piú punti, a giudicare dall'ampiezza. Colto di sorpresa, forse non aveva avuto nemmeno il tempo di venir giú nella libreria, che comunque doveva essere già un inferno, perché c'erano i libri, troppi libri divorati dalle fiamme. I libri! Guardai intorno a me, fissai il cielo sopra la mia testa: pagine intere, ritagli, frammenti danzavano qua e là, prendendo l'aria, risalendo col vento, lasciandosi cullare, per ricadere e di colpo tornar su. Alcuni erano candidi, intonsi, come strappati a mano dai volumi e gettati tutti interi fuori dalla finestra. Altri erano abbruniti, accartocciati, piegati su se stessi. Qualcuno ancora conservava deboli scintille accese lungo i margini: fumavano, s'incrociavano, si urtavano, parevano piccole farfalle malate, piccoli uccelli accecati che non san piú la via e lasciano le ali al vento, per farsi portare.

Fu un gesto irrazionale, lo so, ma presi a correre e saltare come un pazzo lí in mezzo per raccoglierne quanti piú potevo. Come un ubriaco che tornando a casa fa gran balzi per acchiappare le stelle, la luna. E gli altri commentavano e ridevano.

Nessuno capí, tutti lo presero per un gioco; qualcuno mi gridò di stare attento, che era pericoloso. Arrivarono mamma e papà trafelati, mi strattonarono, mi pregarono di venire via di lí. Ma piú mi tiravano e piú mi liberavo, e intanto catturavo fogli, angoli, pezzi di pagine che poi non sapevo dove mettere, perché avevo due tasche sole, ormai gonfie, e una mano ne teneva sí tantissimi, ma l'altra dovevo lasciarla libera per acchiappare al volo. Non c'era un senso o uno scopo in quello che facevo: quei piccoli ritagli erano ormai illeggibili e anche se li avessi presi tutti non avrei potuto ricostruire una sola frase, un solo verso. Ma cosí è la disperazione, come una preghiera senza destinatario.

Quando cominciai a rientrare in me e la piantai lí con quel balletto forsennato, mi accorsi che intorno era ormai chiaro, ci si vedeva bene. Anche le fiamme stavano diminuendo, segno che avevano ingoiato quel che potevano e non c'era piú niente da ingoiare.

Fu allora che si udí la sirena dei pompieri. Mi fermai. I calzoni, forse per il peso, mi erano scesi sotto i fianchi e dovevo avere parte del sedere scoperta; la maglietta era grigia di fumo e rossa di sangue, e io sentivo, adesso sí, un gran dolore salirmi su dal naso e prendermi tutta la testa. L'autopompa arrivò, i freni stridettero, la gente si ritirò, si fece piú in là. Ormai i pezzi di carta erano in gran parte scomparsi, volati altrove, dov'era impossibile raggiungerli. Quella specie d'invasamento mi passò di colpo e risentii tutto il corpo dai piedi in su: risentii il sangue e i nervi. Mi stupii che in fondo, di cosí tanti libri, nelle mie mani e in cielo ci fossero cosí pochi resti. Forse non era tutto perduto, forse, tentai di crederci, qualcosa si era salvato. Mia madre e mio padre mi abbracciarono, mi tennero stretto.

– Andiamo, – dissero, – andiamo via, Nicolino, è tutto finito!

– No, – risposi, – non è finito niente, voglio restare finché l'incendio non è spento. Voglio vedere cos'è rimasto.

Fu allora, oggi lo so, che mia madre capí, in un lampo: la malinconia, il pallore, il mio cambiamento delle ultime settimane. Avrebbe potuto insistere, costringermi a seguirla, e invece mi guardò negli occhi e disse: – Va bene, restiamo, però vado a prenderti un golfino.

Quando i pompieri ebbero finito, e ci volle poco, le fondamenta della casa sembravano la bocca di un vulcano, di quelli che mandan su continuamente fumo, ma non eruttano mai. Non c'era piú niente, non un mobile, non una stampa o un quadro, non una sedia. E nemmeno un libro. Di quell'enorme biblioteca blu cobalto non era rimasto un volume, neanche bruciato, neanche a pezzi. Come se tutti i libri fossero stati portati via insieme, trascinati altrove prima o durante o chissà quando, in quell'incendio.

Non trovarono il libraio e neppure i suoi resti. Trovarono soltanto, senza una macchia, senza la minima bruciatura, una giacca a righe grigie e nere.

I colpi venivano da fuori. Era come se qualcuno lanciasse contro i muri grosse pietre o mattoni. Ne sentii anche sul tetto, fragorosi, sembravano picconate. Non erano ritmici, ma disordinati e sparsi, alcuni singoli, altri a gragnuola o in rapida successione.

Era mattina inoltrata, forse anche mezzogiorno, perché quasi tutti, per i fatti della sera prima, erano andati a letto tardi. Io a letto non ci ero andato: mi ero sdraiato sul pavimento perché non volevo sentirmi né bene né meglio né comodo. Non ero riuscito nemmeno a piangere: con il passare delle ore mi era cresciuto dentro un senso di vuoto mai provato, come se non avessi piú polmoni e milza e intestino. Un brivido risaliva ogni tanto la spina dorsale, mi arrivava al cervello. Pensavo: «E ora?»; pensavo: «Ma lui dove sarà?»; pensavo: «È finito tutto».

Mia madre mi aveva lavato e medicato ben bene. Il dottor Mancuso, stravolto per l'ora, ci aveva rassicurato: «Non c'è niente di rotto»; ma il naso era il doppio di prima. Poco dopo l'alba, e lo so perché vidi la luce, mi ero addormentato senza accorgermene e senza volerlo.

Ma non eran sassi quelli che sentivo battere là fuori. Impossibile che tanta gente assieme gettasse pietre per Selinunte. Mi alzai gemendo, ero tutto un dolore. A passi brevi, zoppicando, mi avvicinai alla finestra. La giornata era bellissima, il cielo azzurro come solo da noi può esserlo, non una nuvola. Poi qualcosa passò sopra il sole e qual cos'altro vicino, e piú giú ancora strani oggetti volavano: tutti verso la stessa direzione. Guardai, guardai senza crederci, mi stropicciai gli occhi, guardai di nuovo.

Nel cielo volavano libri. Non potevo sbagliarmi, erano proprio libri, tutti uguali, tutti con quella copertina blu che ben conoscevo. Guardai meglio: volavano libri e non volavano a caso, sembravano come telecomandati e stavano andando ad ammucchiarsi nello stesso punto, piú o meno sopra piazza Garibaldi. Venivano da destra, da sinistra, da lontano e da vicino, qualcuno era piú veloce, qualcun altro piú lento: molti passavano radenti la mia finestra, prendevano quota e puntavano dritto verso gli altri, già tanti, che si erano sistemati sulla piazza. Lí c'era come una nube blu che si allargava, si allargava... Già un bel pezzo di cielo s'era oscurato e il buio aumentava sempre piú.

Gran parte della città era ormai in ombra quando mi vestii in tutta fretta e uscii di casa per andare a vedere. Mi unii al capannello di gente che era già bello folto e stava precipitandosi in piazza Garibaldi. La piazza, gremita: tutti lí a naso in su, allibiti, frastornati. Qualcuno urlava di chiamare i carabinieri, la polizia; qualcun altro diceva che no, lí ci voleva l'esercito. Alcune donne corsero da Don Luigi.

– È opera del demonio, ci vuole una benedizione.

– Ditegli di portare il crocefisso.

Don Luigi arrivò trafelato, con l'ostensorio in mano, come quei santi delle immaginette che risolvono tutto sollevando un'ostia. Il chierichetto, con la sua bella vestina bianca, gli veniva dietro tenendo ben alto un crocefisso spropositato, e infatti continuava a fermarsi e ripartire.

Contemporaneamente, dal lato opposto della piazza, spuntò la camionetta dei carabinieri.

I libri, a cento metri dal suolo, non erano proprio immobili; da sotto si coglievano dei piccoli spostamenti, dei tremolii come di assestamento; e piú se ne aggiungevano e pressavano ai lati, piú quelli in mezzo davan colpetti per stare comodi. Ormai dovevano essere migliaia, perché non occupavano solo il cielo sopra la piazza, ma anche quello sulle vie laterali, e il cerchio d'azzurro tutt'intorno andava rimpicciolendosi.

Il maresciallo era tutto indaffarato a chiamare rinforzi via radio e dalla sua faccia s'intuiva che dall'altra parte gli stavano dando del matto. Sicuramente s'era chiesto se fosse il caso di sparare, di aprire il fuoco, e si era risposto di no. Sparare a dei libri? Per fargli cosa? Mettergli paura? Senza contare poi che se avessero cominciato a cadere sarebbe stata una strage, con tutta quella gente lí sotto.

Don Luigi, che sapeva benissimo come benedire un peccatore o esorcizzare un indemoniato, in quella situazione si trovava piuttosto spiazzato.

Stato e clero erano ancora immersi nell'angosciante ricerca di una soluzione, quand'ecco che il movimento in cielo si fermò. Non arrivavano piú libri da nessuna parte. Si decise di attendere, perché era chiaro che stava per succedere qualcosa.

E qualcosa successe, eccome. All'improvviso, come sbucato dal niente, un piccolo uomo si fece largo e si sistemò al centro della piazza, quasi vuoto in verità, perché la gente stava accalcata sotto i cornicioni, temendo che i libri potessero cascare da un momento all'altro. L'omino sarebbe stato buffissimo, se qualcuno avesse avuto voglia di ridere: indossava un costume tutto verde a frange, tipo Peter Pan o Robin Hood, e portava in testa un cappello piumato veramente bello e di cui doveva andar fiero, perché se lo toccava e sistemava continuamente. Nessuno si azzardò a fermarlo o a rivolgergli la parola.

Quando fu ben sicuro di essere proprio al centro, infilò la mano sotto il costume e tirò fuori una specie di canna. Subito l'appuntato Ajolfi, che era il piú svelto di tutti, gli puntò la pistola contro. Ma la canna dell'omino non sparava, suonava. Nella meraviglia generale se la portò alla bocca e muovendoci sopra le dita emise un piccolo ritornello. Si sentiva benissimo: lo strumento era come amplificato e il suono si spargeva ovunque.

Alle prime note non accadde niente. Ajolfi rimise la pistola nella fondina. Il chierichetto poggiò il Cristo a terra, ché non ne poteva piú. Poi la melodia si fece piú articolata, precisa e continua, quasi l'omino non prendesse mai fiato. E allora avvenne una cosa da non crederci: i libri in cielo cominciarono ad agitarsi e a muoversi un po' qua un po' là, come una grande nuvola nella turbolenza. L'omino verde continuò cosí per qualche minuto, sembrava un direttore d'orchestra che stesse facendo accordare gli strumenti ai musicisti; poi, quando tutto gli parve a posto, si voltò e, sempre suonando il piffero, imboccò il corso e iniziò a scendere. Timidamente la gente prese a seguirlo per vedere come sarebbe andata a finire.

Subito non ce ne accorgemmo, perché la massa di libri era sterminata, ma già alla fine del corso lo vedemmo chiaramente: la nuvola blu aveva cominciato a spostarsi, a muoversi, ed era come se gli andasse dietro, come se seguisse l'omino. Man mano che scendevamo l'impressione risultava sempre piú netta, anche perché i libri in cielo si sgranavano e si apriva qualche spazio tra l'uno e l'altro: il loro movimento era quasi impercettibile, ma certo; lo seguivano compatti, senza urtarsi mai.

Di sua scelta il pifferaio non prese né a destra verso il Selinous né a sinistra verso la collina orientale e il tempio di Era: proseguí dritto in mezzo al reticolato dell'antica città, passando tra i basamenti e i vecchi muri ridotti a gradini. Ormai la strada era finita. I carabinieri piantarono lí la camionetta e Don Luigi permise al chierichetto, che era come se si fosse fatto il Golgota, di mollare la croce.

Quando arrivò all'Acropoli, il pifferaio piegò a destra e costeggiammo i templi. Di tanto in tanto guardavo in su. Lo spettacolo era meraviglioso: un infinito corteo di libri blu disposti in una formazione a cuneo col vertice rivolto verso il mare.

Il pifferaio continuava a suonare, non si era interrotto un solo istante da quando eravamo partiti: non conoscevo quel motivo; aveva qualcosa di struggente e ammaliante insieme, si propagava nell'aria e ritornava ad eco, le ultime note si sovrapponevano alle prime e tutto scorreva e ricorreva.

Si arrivò al mare. Il pifferaio si fermò sulla spiaggia per qualche istante. Gettò lo sguardo verso di noi. Per un attimo m'illusi che stesse cercando me. Poi, sempre suonando, entrò in acqua.

Il mare era calmo, buono, azzurro come mai. Lui ci camminava dentro.

Quando fu solo una testa che spuntava dall'acqua e i raggi del mezzogiorno lo raggiunsero e lo illuminarono, il primo libro cadde in mare. Lui proseguiva, andava avanti con quel piffero tra le labbra, senza sparire mai, anche dove non poteva toccare piú, e dieci, cento, mille libri caddero nel mare. Dalla spiaggia era ormai un punto, vedevamo soltanto e nemmeno bene il suo cappello a tricorno con la lunga penna.

Nessuno aveva domande per nessuno, nessuno guardava gli altri: tutti gli occhi erano incollati a lui, quasi invisibile, per capire dove sarebbe andato, per quanto ancora avrebbe galleggiato, quanti libri si sarebbe portato dietro. E i libri continuavano a tuffarsi a decine, centinaia, migliaia, finché del pifferaio non restò che la piuma, e poi nemmeno quella, perché la corrente se la prese e se la portò via. Di lui non rimase traccia, ma il suono del piffero continuava incessante: una melodia circolare che era un richiamo, un appello senza ritorno, un canto di uccello ferito.

I libri si tuffarono tutti. L'ultima ondata fu la piú fragorosa e il cielo ritornò azzurro, ricomparve il sole, ogni cosa sembrò identica a prima.

Avevamo di fronte a noi uno spettacolo assurdo: un cappello che vagava per le correnti e un'infinità di libri che coprivano il mare. E galleggiavano, incredibilmente galleggiavano...

A poco a poco, tutta quella massa blu cominciò ad allontanarsi dalla riva, a prendere il largo e a uscire dal nostro campo visivo.

Restammo fino all'ultimo libro; poi, quando anche quello scomparve, verso l'Africa o verso chissà dove, il suono del piffero s'interruppe, a metà della frase, e non riprese piú.

A fatica il gruppo si ricompattò. Nessuno fece commenti, c'era poco da chiedersi. Ripercorremmo la strada a ritroso, ciascuno immerso nei suoi pensieri.

Si alzò un vento dolce, e a me, a me solo, sembrò di sentirci dentro parole: le ultime, forse, perché nessuno di noi poteva immaginarselo, ma da quel giorno le parole se ne sarebbero andate per sempre.

Mia madre morí qualche anno dopo. Già da molto tempo, a Selinunte, le cose avevano smesso di corrispondere alle parole. Cominciò subito, il pomeriggio stesso che risalimmo dal mare lungo la Manuzza, per tornare in città. Vedevamo le cose e non sapevamo come chiamarle.

Poi venne il peggio: ci mancarono i discorsi, le spiegazioni, ci mancò terribilmente, piú di ogni altra cosa, non potere piú esprimere i sentimenti. Li avevamo dentro belli chiari, netti, ma quando tentavamo di esternarli veniva fuori qualcosa che non aveva vita.

In principio fu uno strazio. Dovevamo mimare per capirci, e anche mimando non si poteva dir tutto. Poi ci reinventammo una lingua, anche monca, pur di tirare avanti.

Il professor Zebedia, grande linguista e letterato insigne in tempi migliori, osservava (rendo leggibile il suo pensiero): «Le parole non sono le cose come abbiamo passivamente considerato finora. Le parole sono solo segni, e possiamo ricostruirle a nostro piacimento». Ma fu un'offesa alla piccola memoria collettiva ancora acquattata in un angolo di noi. Chiamare una sedia «cartone» o un dolore «sprimento», una giacca «messasú» non bastò a nessuno, non accontentò nessuno. Furono tempi duri, e piú s'andava avanti, piú ci rintanavamo in giri di parole senza senso, senza passato.

L'Istituto per l'Incoraggiamento e il Ripristino dei Significati nacque quasi subito e si gettò anima e corpo in questo tentativo di ricostruzione, ma produsse solo una scuola di memoria, codificando vaghe formule adatte o adattabili alle circostanze. Mi spiego: invece di risvegliare sfumature, intenzioni, collegamenti, associazioni a partire da un nome, si limitò ad applicare a quel nome progressive appendici, commi, prolungamenti. Tutti potevano parlare cosí e solo cosí: naufragò, fu lettera morta il pensiero.

E adesso?

Adesso la strada principale è un serpentone di botteghe che fabbricano, preparano, comprano e vendono tutta una serie di cose di cui conosciamo il nome perché glielo abbiamo dato cosí, per non fare confusione: ci serve solo per accoppiarlo alla cosa, tanto è la funzione che conta, non la parola, non la sua verità. Per molti un orologio Luigi XVI potrebbe benissimo chiamarsi «fonografo a vapore» che non cambierebbe niente (a esser fiscali c'è da dire che qui di orologi Luigi XVI non ce ne sono, quasi tutti hanno un Rolex).

E a proposito di tempo, la giornata ha un andamento ripetitivo, quasi rituale. Le stesse cose si devono fare alle stesse ore, fisse, prestabilite, per cui alle due del pomeriggio non c'è un cane in giro; alle sei o alle sette, secondo la stagione, tutti si fermano e guardano il sole tramontare. L'amore si fa alle nove. La frutta si vende di mattina a giorni alterni; l'abbigliamento tutto il week-end; gli avvocati per le liti si consultano ogni 14 del mese. Le cause si tengono ogni venti giorni.

Tutto ciò è spiegabilissimo: si semplificano le cose dicendosi che in quel tal momento e in quel tal posto ci sarà quel che cerchi. Cosí non dovrai chiedere o peggio ancora precisare, che sarebbe un tormento inutile e senza fine. Come dire: «Sono le 16, quindi possiamo andare a comprare quella cosa che si fa con la farina», oppure: «Sono le 17, si apre il settore che vende roba contro il mal di pancia». E far presto, perché alle 18 cambia tutto ed è l'ora di quelli col mal di testa.

Gli avvocati, i giudici, gli uomini di legge, i pubblici ufficiali conducono un'esistenza da disperati. In tribunale si raggruppano insieme tutti i casi simili, e vengono giudicati alla stessa stregua, senza badare ai particolari, che nessuno capisce perché inespressi o espressi male. Ad esempio, nessuno riuscirebbe a tradurre in parole un caso cosí complesso: «Il vicino usa il mio ruscello per abbeverare le sue pecore, che prima erano mie. Gliele ho solo prestate, ma non sono ancora state pagate». L'avvocato può solo presentare un'istanza del tipo: «Vicino ha (possiede, tiene) pecore mie. Bevono». Naturalmente i verdetti non sono contestabili, ci mancherebbe solo che si andasse anche in appello.

Altro bel pandemonio sono le feste tradizionali. Si tengono, si tengono eccome, precise precise a com'erano una volta, ma nessuno sa piú cosa significhino.

La gente le prende per momenti autorizzati di follia collettiva: per ordine comunale si chiudono botteghe, baracche e burattini, s'illumina a giorno la città con uno spreco spropositato di lampadine su orribili archi di legno, e per le vie e le piazze irrompono pupazzi strani portati a spalla e costretti a fare percorsi e movimenti assurdi, nell'attonito silenzio di chi guarda e non capisce, il tutto fra bancarelle che vendono dolci e pistole ad acqua.

Ad esempio, a Pasqua, il fior fiore della gioventú si carica sulla schiena una statua che dovrebbe rappresentare la Madonna e si avvia da ovest verso il centro. Contemporaneamente al confine opposto un altro fior fiore solleva un improbabile Cristo e parte per ricongiungersi al primo gruppo. Quando s'incontrano, in piazza Garibaldi, alla Madonna vien tolto il mantello nero e svariate colombe spiccano il volo dalla sua corona.

Qualcuno ricorda che questo rito si chiama «Festa dell'aurora». Ma a parte tutto il resto, che è già un bel mistero, perché le colombe? E perché non rondini o farfalle?

Nessuno azzarda ipotesi. È cosí e basta. Perfino il prete, che s'inventa ogni domenica un pezzo di Vangelo, perché di Vangeli in giro non ce ne sono, glissa e fa lo gnorri. Anzi, il successore di Don Luigi si mostra anche indispettito, perché, sostiene, quella non è roba sua, non l'ha inventata lui, e quindi non ha niente a che fare con il culto.

Don Rosalia (si chiama cosí perché era l'unico nome di santo/a che ricordava) è un gran creativo, un immaginifico. Inventa brani del Vangelo per il bene di tutti. E poi fa una fatica del demonio a spiegarli. Certo ne ha un numero limitato e ciclicamente li ripete, ma li preannuncia, com'è d'uso a Selinunte. Cosí la gente sa già in anticipo cosa andrà ad ascoltare, se la patetica «sardella smarrita», o «il discorso della cuccagna» o la celeberrima «ricreazione di Lazzaro», che è in duplice versione: nella prima Lazzaro, che è un pescatore, perde tempo nel cortile del suo signore e il signore lo riprende dicendogli che chi si ricrea non piglia pesci. Nella seconda, con sottile cambio di senso, il Signore crea Lazzaro due volte.

Invero le parabole sono solo un pretesto per arrivare alla morale finale che è sempre la stessa: «Cosí volle il Signore».

Mi capita a volte d'incrociare turisti: ne vengono, ne vengono ancora. Girano un po' spaesati, perché l'area è vasta e le indicazioni poche. Sulla collina orientale ad esempio c'è forse il tempio piú bello, quello di Era. Non lo sanno. I turisti, quasi tutti, un po' come i bambini, sono inclini a pensare che i Greci adorassero degli dèi superuomini, grandi consumatori di bevande magiche su un monte chiamato Olimpo. I Greci adoravano invece la legge, la perfezione, le istituzioni, l'intelligenza, la famiglia, la città, la parola data: queste e altre cose diventarono dèi, ebbero un nome, un aspetto umano. Ma i Greci non hanno mai adorato nessuno, né Era, né Zeus, né Demetra. Hanno solo costruito segni che sono simboli delle certezze che avevano nel cuore e nella mente, punti visibili sulla terra, una geografia di idee che diventavano cose. E parole.

I turisti sembrano degli imbecilli, ma non è tutta colpa loro. In realtà sono allo sbando: guide non ne trovano, e se pur ci sono sanno poco o niente e raccontano favole come Don Rosalia. Cosí vanno a cercare riscontri sui loro opuscoletti e fanno sí col capo, assentono, senza nemmeno pensarci, tanto basta scattare fotografie.

Le guide, le poche guide rimaste, hanno imparato a memoria una *Storia di Selinunte antica* miracolosamente salvatasi. Cosí quando cominciano a spiegare vanno a raffica, ma se qualcuno le interrompe o fa una domanda, biascicano nel vuoto. L'Istituto le ha istruite a ricominciare, in questi casi, sempre da capo, per cui è facile che mentre stanno visitando il tempio *d* parlino invece del tempio *c*. Bisogna dire che quasi nessuno se ne accorge: i templi per la gente sono tutti uguali, come i giapponesi e le canzoni.

Mi sembra miracoloso che siamo riusciti a sopravvivere senza capirci. Ormai lo stato d'allarme è lontano, perché abbiamo adottato regole generative piuttosto raffinate, ma al principio tutto ciò ci mandò in malora, ci tolse senza mai restituirceli sorrisi e pianti, rabbie e insulti, dolcezze e cortesie.

Mia madre morí e nessuno, tranne me, riuscí a pregare su di lei.

Scomparve il senso del nostro passato: non capimmo piú cosa ci legava alle nostre chiese, alle statue, ai templi. Le guide si svegliarono una mattina chiedendosi chi erano Eracle, Atena, Zeus; vagavano tra le rovine trovandole in definitiva molto pittoresche, ma inspiegabili e inutili. Come nella favola della *Bella addormentata*: un regno finito nell'oblio per anni; gli armigeri stravaccati sulle porte, i guerrieri colti dal sonno a cavallo, il re che ronfa sul trono. Però lí c'è un motivo e c'è un risveglio: si risvegliano come se quel tempo non fosse mai passato, come nel *Miracolo segreto* di Borges. Che meraviglia fermare tutto quello scorrere sfacciato delle ore, dei giorni, per poter scrivere un dramma, averne il tempo fuori dal tempo e morire fucilato, ma dopo averlo concluso.

Qui non è cosí. Questo non è un regno addormentato, questo è un paese sveglio e senza memoria e senza niente che gliela possa restituire.

Io amo Primula. Non posso parlare con lei, e sento questa mancanza come uno strappo, un dolore senza fine. Non mi bastano e non le bastano i gesti, le carezze, gli sguardi: tutto ciò è di una dolcezza animale che riempie solo una minima parte dello spazio comune: come un continuo rispondere senza domande. Come se per dipingere avessi tutto tranne i colori.

Passiamo la maggior parte del nostro tempo nella zona archeologica. Ci sdraiamo tra i fiori bianchi davanti al tempio di Era e lo guardiamo a lungo in silenzio: lí, con le sue colonne intatte, puntate verso il cielo come una sfida o una preghiera, perché le colonne degli uomini non arrivano mai lassú, ma dànno agli occhi una direzione, e sta all'uomo prolungarle fino a un punto che non vede e che non tocca. E forse un tempo è esistita davvero una colonna lunga fino al cielo, e poi si è spezzata, o qualcuno l'ha spezzata.

Guardo le colonne con Primula e mi torna in mente Ivan Il'íč, in quell'ultima sera:

> Piangeva per la propria impotenza, per la propria terribile solitudine, per la crudeltà degli uomini, per la crudeltà di Dio, per l'assenza di Dio.
>
> «Perché hai fatto tutto questo? Perché mi hai condotto qui? Per qual motivo, perché mi tormenti cosí orrendamente?...»

Quando, tenendole la mano, mormoro a Primula qualcuna delle frasi del libraio, lei mi guarda con quei due occhi grandi, come persi nel nulla, senza una luce, un accenno d'emozione. Ma io non la smetto, non mi arrendo. Rostand, Eschilo, Neruda, Eliot, Gadda. Non c'è un piano, una regola: quel che mi esce, mi esce. A volte mi metto in piedi tra lei e il tempio, come una voce fuori campo, un suggeritore, un estraneo; altre volte le parlo a una spanna dal viso, puntandole gli occhi nei suoi: misuro, centellino le parole, le faccio scorrere una alla volta staccandole e marcandole per lasciarle il tempo d'intenderle. È come se le inoculassi questo mare di emozioni con un contagocce, poco, poco alla volta.

A volte penso che sia vero, del libraio. Forse non si può vivere come le sue parole, piene zeppe di luce.

Io devo svegliarla, Primula. Devo continuare a ripeterle e ripeterle e ripeterle queste voci che parlano di uomini e di vita: ci sarà pure un angolo, un anfratto nella sua mente in cui riconoscerà, collegherà, farà sua una di queste parole: e allora ricomincerà qualcosa, ricomincerà tutto. Mi sento a volte come una madre accanto al letto del figlio in coma, una madre che gli legge e rilegge il fumetto preferito e gli canta decine di volte la canzone che lui amava, con pazienza infinita, senza stancarsi mai, nonostante i medici, nonostante la realtà.

– Primula, – le dico. – Non m'importa, non m'importa piú niente dei libri, piú niente del libraio. Io voglio te, mi basti tu, io ti amo, – e vedo allora i suoi occhi riempirsi di lacrime, lacrime che non scendono, restano lí sul ciglio e brillano e s'ingrossano e un tratto di cielo le attraversa.

Poi aspettiamo il tramonto e andiamo in spiaggia a fare l'amore. Col tempo mi sono innamorato del suo amore, mi dico le parole che lei mi direbbe, e non è gioco, non è finzione, perché so che sarebbero quelle e non altre.

Una volta le ho recitato l'Euridice di Virgilio, cosí come me la ricordo, con lo stesso ritmo, gli stessi accenti del libraio: ha fatto una cosa stranissima, si è alzata, è corsa su per la spiaggia, fin quasi alla strada. Si è chinata, e non capivo perché, ed è ritornata con un fiore giallo in mano. Io ridevo. Veniva giú il sole oltre Favignana, l'orizzonte sembrava porpora: la bellezza del mondo è stata in quell'attimo forte come la gioia che mi premeva dentro. Pensavo al mare pieno di libri blu che galleggiavano, incredibilmente galleggiavano, si allontanavano, si allontanavano. E mi aspettavano.

Perché verrà quel giorno: ci vorranno mesi o anni, ma verrà. Selinunte, tutta Selinunte si sveglierà dall'incanto e tutti ricorderemo, tutti ricominceremo a leggere nelle cose i loro nomi; la polizia non si ubriacherà piú, i negozi rimarranno aperti tutto il giorno, i giudici capiranno le sentenze.

Verrà cosí, senza preavvisi e clamori: verrà come un fatto naturale, tanto che nessuno si stupirà, e si tornerà a vivere, parlare, leggere come una volta, come se niente fosse stato, e il ricordo di questi anni si carbonizzerà.

Primula staccherà la sua guancia dalla mia e guardandomi mi dirà: «Io ho una spina nel cuore quando sei lontano». E allora piangerò perché questo è l'amore, l'estrema unica difesa che abbiamo contro il buio, contro la notte. Primula, Primula, tutte le parole scritte dagli uomini sono forsennato amore non corrisposto; sono un diario frettoloso e incerto che dobbiamo riempire di corsa, perché tempo ce n'è poco. Un immenso diario che teniamo per Dio, per non recarci a mani vuote all'appuntamento.

La prenderò per mano e correremo a perdifiato su su, attraverso il Megaron e la necropoli, su fino alle prime case di Selinunte, e poi dentro, poi in centro, dove tutte le auto terranno la destra, tutte le insegne funzioneranno, tutte le vie saranno piene di persone che parlano tra loro e si accalorano e giustificano e propongono e ringraziano e mandano a quel paese.

Primula, in quei pochi minuti mi dirai tutte le cose che non mi hai detto in questi anni. Chiederai, risponderai, sproloquierai: ti piegherai piú volte sulle ginocchia per l'emozione, perché tutto questo in un solo colpo sarà troppo; e ci baceremo sotto l'olmo, la quercia e il pino. E infine osserveremo la nostra piazza Garibaldi piena di parole. Ci sarà un cielo dritto, verticale, un azzurro che scenderà giú fino al porfido e alle aiuole, sui nostri piedi:

vedremo perfino una stella che non può esserci a quell'ora, ma la vedremo lo stesso e non sarà un'illusione.

Poi qualcuno, non so bene chi, mi chiamerà ad alta voce: – Nicolino, Nicolino, corri a casa tua, subito!

E correrò a casa col cuore in gola come tante volte da bambino. Salirò i gradini a tre a tre lasciandoti indietro, aprirò la porta e non potrò entrare, qualcosa da dentro me lo impedirà: spingerò, entrerò lo stesso, e allora vedrò.

La casa, la mia casa, sarà piena di libri, quei libri, quelli dalla copertina blu: una montagna, un oceano di libri: in sala, in camera, in cucina, in bagno, sul balcone. Dovunque mi volterò non vedrò altro che libri, a mucchi, in colonna, sparpagliati, in bilico uno sull'altro, chiusi, aperti, di costa, di fronte, di taglio, stipati nei cassetti aperti, impilati nel lavandino sotto il rubinetto sgocciolante, infilati sotto il tappeto, dietro i termosifoni, nel letto, sul letto, sotto il letto, incastrati uno nell'altro o soli, liberi, libri fra le tazzine di caffè, in cucina, perfino nel frigorifero.

Tu sarai lí sulla soglia e guarderai la mia gioia. Io passerò lentamente ad accarezzarli tutti, quanti potrò, quelli all'altezza degli occhi, dello sguardo.

Li accarezzerò come un amico che torna, come una madre che parte, e da qualsiasi luogo lontano, conosciuto o no, non ti lascia mai solo, continua a ricevere un tuo bacio, anche quando il tempo è finito, e il bacio non c'è piú, non puoi piú darlo.

E dopo, subito dopo, solo dopo, lo vedrò.

Sulla pila piú alta e piú lontana, quella sotto la finestra che dà sulla via, piccolo, lucente, lo vedrò, il piffero.

Le citazioni nel testo sono tratte dalle seguenti opere:

pp. 28-32: F. PESSOA, *Poesie di Álvaro de Campos*, Adelphi, Milano 1993, traduzione di Antonio Tabucchi, pp. 331, 333 e 207.

35-37: A. MANZONI, *I promessi sposi*, Einaudi, Torino 1960, pp. 360-63.

37-39: SOFOCLE, *Edipo a Colono*, in *Tragedie*, vol. II, UTET, Torino 1982, traduzione di Guido Paduano, pp. 821 827.

42-44: L. TOLSTOJ, *La morte di Ivan Il'ič*, in *Tutti i racconti*, vol. II, Mondadori, Milano 1991, traduzione di Serena Prina, pp. 369-71 e 393-401.

45: SAFFO, Frammento 94, traduzione dell'autore.

W. SHAKESPEARE, *Romeo e Giulietta*, Mondadori, Milano 1990, traduzione di Alfredo Obertello, pp. 39-40.

G. LEOPARDI, «La sera del dí di festa», in *Canti*, Einaudi, Torino 1993, p. 111.

DANTE, *Inferno*, Canto V, vv. 121-23.

p. 45-46: CATULLO, Carme 8.

46: A. RIMBAUD, *«Le bateau ivre»*, traduzione dell'autore.

M. PROUST, *La prigioniera*, Einaudi, Torino 1991, traduzione di Paolo Serini, p. 399.

J. L. BORGES, «Venticinque agosto 1983», in *Tutte le opere*, vol. II, Mondadori, Milano 1994, traduzione di Gianni Guadalupi, p. 1123.

F. DOSTOEVSKIJ, *Delitto e castigo*, Einaudi, Torino 1993, traduzione di Alfredo Polledro, p. 654.

62: L. TOLSTOJ, *La morte di Ivan Il'ič* cit., p. 390.

Indice

Stampato per conto della Casa editrice Einaudi
presso ELCOGRAF S.p.A. - Stabilimento di Cles (Tn)

C.L. 18654

Edizione							Anno			
8	9	10	11	12	13	14	2013	2014	2015	2016